GEFORDERT VON DEN BERSERKERN

EINE GESTALTWANDLER-DREIECKSROMANZE

LEE SAVINO

KOSTENLOSES BUCH

Hol dir ein kostenloses Exemplar von Gezeugt von den Berserkern und Eine Berserker-Geburt, indem du dich für meinen Newsletter anmeldest.

*Der dritte Teil von Daegans, Brennas und Samuels Geschichte. Lies den ersten Teil in **Verkauft an die Berserker** und den zweiten in **Gepaart mit den Berserkern**. Diese Novelle ist kostenlos, ein Geschenk.*

https://BookHip.com/PKRMGC

GEFORDERT VON DEN BERSERKERN

»Jetzt gehörst du uns, Mädchen. Wir erheben Anspruch auf dich.«

Mein Geist und mein Körper sind geschwächt vom Fluch meiner Magie. Meine drei Schwestern haben sich mit Berserker-Kriegern gepaart, ich aber bin zu gebrechlich für eine Braut.

Eines Nachts brechen drei Krieger in mein Zuhause ein. Sie entführen mich.

Jetzt sind wir auf der Flucht vor dem Rudel. Diese Krieger sagen mir, ich würde ihnen gehören, und sie würden mich niemals gehen lassen. Um mich davon zu überzeugen, verbringen sie Stunden damit, mir endlose Freuden zu bescheren.

Aber mir lauert eine böse Macht auf. Sie will mich für ihre eigenen Zwecke, und nichts kann sich ihr in den Weg stellen.

Außer den Berserkern.

1

Der graue Mann stand am Rand des Felds und beobachtete mich. Ich hatte seinesgleichen schon gesehen – wartend und lauernd mit der Regungslosigkeit einer Schlange. Ich nannte sie die »Grauen«, weil das ihre Haut beschrieb – grau und ledrig. Alle waren groß und spindeldürr, bucklig, und sie hatten die tief in den Höhlen sitzenden Augen stets starr auf mich gerichtet.

Seit fast einem Jahr hatte ich keinen mehr gesehen, doch mich überraschte nicht, dass mir nun einer nachstellte, als ich mich auf dem Markt befand. In der Vergangenheit hatten sie sich gezeigt, wenn ich allein und schutzlos war.

Mittlerweile war ich nicht mehr allein.

Ich schluckte schwer und huschte zwischen die Reihen der Marktstände, um Abstand zwischen den Grauen und mich zu bringen. Vielleicht würde er mir folgen, aber er würde am Rand des Markts bleiben. Solange ich mich nicht von der Menschenmenge entfernte, würde er mir nicht näher kommen.

Vor mir sichtete ich den Kopf meiner Zwillingsschwester, die sich gerade bückte, um die Waren eines Dorfbewohners in Augenschein zu nehmen. Als ich auf sie zusteuerte, wandten die Menschen die Blicke ab oder eilten aus dem Weg – nicht meinetwegen, sondern wegen der gewaltigen Krieger, die mir folgten. Meine Leibwächter: die riesigen, als Berserker bekannten Krieger.

»Schau, Fleur«, rief meine Schwester. Auch sie hatte einen Berserker-Leibwächter, einen kraftvollen Hünen, der zugleich ihr Gefährte war. Er ragte hinter ihrer Schulter auf und warf einen Schatten über sie, doch sie schenkte ihm kaum Beachtung. Ähnlich hielt ich es mit meinen zwei Bewachern, großen, muskelbepackten Männern namens Arne und Erik.

Als meine Schwester und ich uns mit den drei Berserkern an einem Tisch voll bunten Stoffen versammelten, schluckte der Standbesitzer und erbleichte. Hinter ihm wich seine Frau hinter ihren Webstuhl zurück, versteckte sich und ihre Kinder vor uns und bekreuzigte sich.

Muriel schien es nicht zu bemerken.

»Dieses Band wäre perfekt für dein Haar.« Sie hob ein glänzendes Stück Stoff in sattem Blaugrün hoch. Pflichtbewusst senkte ich den Kopf und ließ sie die Farbe an meinem Zopf betrachten. Ich verkniff mir die Bemerkung, dass nichts gegen mein stumpf-blondes Haar helfen konnte, das nach meiner letzten Krankheit schlaff und dünn aussah.

»Es ist allerliebst«, meinte Muriel überschwänglich, und ich stimmte ihr mit deutlich weniger Begeisterung zu. Ich brauchte keine neuen Bänder, keinen neuen Putz – immerhin lebte ich auf einem Berg in einer Höhle, umgeben von einem Rudel grobschlächtiger Krieger, nicht am Hof eines König. Aber mir taten der Verkäufer und seine verängstigte Familie leid. Ein Kauf würde sie für das Ungemach entschädigen, wenn er auch nicht ihre Furcht vertreiben könnte.

Muriels Gefährte ragte hoch über sie auf. Sein zernarbtes Gesicht, der rasierte Kopf, die riesige Axt und der finstere Ausdruck bildeten einen krassen Gegensatz zu ihrem sonnigen Lächeln. Muriel war so glücklich darüber, auf dem Markt zu sein. Ein Jahr war vergangen, seit wir beide von den Berserkern entführt worden waren, und es war das erste Mal, dass uns ein Ausflug weg vom entlegenen Zuhause der Krieger gestattet wurde. Obwohl Muriel ihren Platz im Rudel bei ihren neuen Gefährten gefunden hatte, fehlte ihr die Zivilisation.

»So eine lebendige Farbe«, lobte Muriel dem Standbesitzer gegenüber, der den Rand seines Tisches umklammerte, als hielte ihn nur das davon ab, auf die Knie zu fallen. »Wie machst du das?«

»Es ist ein Geheimrezept, hergestellt mit Gewürzen aus dem Osten und Kräutern von dieser Insel.«

»Faszinierend«, befand Muriel. »Und so wunderschön zu deinem hellen Haar, Fleur.« Wenngleich Muriel und ich Zwillinge waren, hatte sie dunkles Haar wie unsere älteste Schwester Brenna, ich hingegen die Strohfarbe unserer Schwester Sabine. »Wir nehmen das für dich und das Violette für mich.« Sie zeigte hin. Aber als der Verkäufer nah genug herantrat, um ihr die Spule zu reichen, stimmte Muriels Gefährte ein Knurren an.

Der Verkäufer ließ die Ware mit einem Klappern auf den Tisch fallen. »Verzeihung, Herr«, entschuldigte er sich mit zittriger Stimme.

»Ist schon gut.« Muriel hob die Spule auf und maß selbst ab, wie viel von dem Stoff sie wollte. »Mein Ehemann ist sehr fürsorglich.«

Als die Waffen des Kriegers klirrten, zuckte der Standbesitzer zusammen und nannte seinen Preis.

Wir ließen den Verkäufer als verschreckten, aber reicheren Mann zurück und gingen zu einem anderen Stand, an dem große Fleischbrocken gebraten wurden. Muriel hopste förmlich. Die Finger hatte sie in die riesigen Pranken ihres Gefährten geschlungen. Die beiden plauderten so unbeschwert, als würde er nicht jeden Mann finster in Grund und Boden starren, der so unklug war, einen zu langen Blick auf Muriels zarte Schönheit zu werfen.

Ich verhielt mich still und beobachtete aus dem Augenwinkel den Grauen. Er hatte sich um das Feld herumbewegt, damit er mich im Blick behalten konnte, aber er hatte sich nicht genähert. Umgeben von den Kriegern war ich zwar in Sicherheit, dennoch krampfte mir ein Gefühl einer düsteren Vorahnung den Magen zusammen. Die Grauen hatten mich nicht mehr verfolgt, seit die Berserker Muriel und mich entführt hatten. Davor, als meine Schwestern und ich allein in einer Hütte am Rand eines kleinen Dorfs gelebt hatten, waren mir ihre gespenstischen Gestalten ständig untergekommen. Ich hatte mich immer bestmöglich vor ihnen versteckt, aber ich fühlte mich durch ihre bloße Gegenwart krank und ausgelaugt.

»Muriel«, flüsterte ich, als unsere drei Wächter abgelenkt waren. »Siehst du den Mann da?«

»Wo?« Sie sprach mit leiser Stimme.

»Da drüben, am Rand des Felds. Er schaut zu uns herüber.«

Muriel spähte zurück. »Hinter dem Stand des Fleischers?«

»Ja, neben dem Pferch.« Die Rinder hatten sich alle in die gegenüberliegende Ecke zurückgezogen, so weit von dem Grauen entfernt wie möglich. Auch die Dorfbewohner näherten sich ihm nicht. Ich beschrieb Muriel den seltsamen Beobachter, und sie legte die Stirn in Falten. »Ich sehe einen alten Mann, der am Zaun lehnt, und die Kühe im Pferch, aber niemanden mit grauer Haut, wie du es beschreibst.«

Der Graue lehnte tatsächlich am Zaun. Er richtete sich auf, als er bemerkte, dass auch ich zu ihm blickte.

»Schau weg«, zischte ich.

»Fleur, wer ist das?«

»Ich weiß es nicht.«

Ich schloss die Augen, als Muriel eine Hand an meine Stirn hob.

»Kein Fieber«, stellte sie fest. »Bist du sicher, dass du eine solche Gestalt gesehen hast?«

»Ja. Aber egal.« Die Aufmerksamkeit meiner Schwester auf ihn zu lenken, würde sie nur in Gefahr bringen. Es erschien mir besser, mich meiner grauenhaften Vision allein zu stellen.

Ich stocherte nur in dem Essen, dass unsere Wächter brachten, denn ich bekam nichts hinunter. Muriel ging zurück, um sich mit ihrem Gefährten zu unterhalten. Von Zeit zu Zeit warf sie besorgte Blicke in meine Richtung. Als ich klein war, hatte ich meine Mutter und die Erwachsenen um mich herum wegen der verstörenden Dinge befragt, die ich sah. Und ich hatte schnell gelernt, dass sie nicht real waren. Mittlerweile redete ich nur noch mit Muriel darüber und hatte sie zu Geheimhaltung verpflichtet. Meine zwei anderen Schwestern sorgten sich so schon genug um meine Gesundheit.

Während ich dasaß und dem grauen Mann keine Beachtung zu schenken versuchte, fing mein Kopf zu pochen an, als versuchte das Sonnenlicht, in meinen

Schädel einzubrechen. Mein Magen knurrte, allerdings nicht vor Hunger.

»Stimmt etwas nicht, Mädchen? Schmeckt dir das Fleisch nicht?« Einer meiner Wächter beugte sich über mich.

»Es ist gut, Herr.« Ich ließ die Augen niedergeschlagen. Raue, tätowierte Hände griffen nach meiner Schale, und meine Haut kribbelte wie immer in Gegenwart dieses Berserkers. Er war der erste Krieger, der mir begegnet war, als er in unsere Hütte gestürmt kam und mich in die Nacht davontrug – Erik, ein Wikinger, der schon lang genug auf dieser Insel lebte, um sich einen leichten, heimischen Akzent angeeignet zu haben. Er hatte einen ordentlich gestutzten, schwarzen Bart. Tätowierungen erstreckten sich über seine muskulösen Arme.

»Irgendetwas riecht hier faulig. Was meinst du, Arne?« Erik reichte meine Schale an meinen zweiten Bewacher weiter, einen Krieger mit bronzefarbener Haut, kahlem Schädel und einer Hakennase wie ein Adlerschnabel. Arne war weder Wikinger, noch stammte er von Alba. Er kam aus weit entfernten Gefilden, von denen ich noch nie gehört hatte. Mit seinem dunklen Teint und seiner fremdartigen Schönheit stach er aus den anderen, hellhäutigen Kriegern hervor. Eine Feder hing von seinem durchstochenen Ohr.

»Ich rieche es auch. Aber es ist nicht das Fleisch.« Arne hob den Kopf und ließ den Blick prüfend über den Markt wandern. Mein Magen krampfte sich vor Panik zusammen. Meine Instinkte verrieten mir, dass der Graue gefährlich war, aber ich durfte nicht zulassen, dass die Berserker ihn witterten – sonst würde ihre blindwütige Raserei sie überwältigen. Wenn sie hier, an diesem überlaufenen Ort, einen Feind stellten, würden vielleicht Unschuldige sterben.

»Womöglich sollten wir auf der anderen Seite des

Markts nachsehen«, platzte ich heraus und setzte mich in Bewegung. Ein Schauder lief mir kribbelnd über den Rücken – der Graue beobachtete mich nach wie vor.

Der Wind drehte, und der faulige Geruch, vermischt mit dem Duft von bratendem Fleisch, folgte mir, aber er ließ nach, als sich meine zwei Berserker-Leibwächter näher zu mir drängten.

»Möchtest du irgendetwas kaufen?«, erkundigte sich Erik und reihte sich neben mir ein. Ich brauchte für jeden seiner Schritte zwei.

»Nein, Herr.« Es gab nichts, was ich brauchte. Meine Schwestern hatten alle Gefährten – jeweils zwei Ehemänner –, für die sie hübsch aussehen mussten. Ich mit meiner spindeldürren Gestalt und meinem ungesunden Teint konnte ohnehin nicht hübsch sein.

»Überhaupt nichts? Wir haben genug Gold, um dir alles zu kaufen, was du brauchst.« Mit einer ausholenden Handbewegung zeigte er auf den gesamten geschäftigen Markt.

Ich seufzte. Eigentlich sollte ich mir etwas für ein neues Kleid aussuchen. Meine Schwestern wollten es für mich schneidern. Der Mittsommer näherte sich. Mein letztes Fieber hatte vor einem Mond geendet. Bald würde man von mir erwarten, dass ich mir einen Berserker als Gefährten nahm. Eigentlich würden eher die Alphas darüber entscheiden, wer Anspruch auf mich erheben würde. Letztes Mal hatten sie umfangreiche Spiele für meine Schwester Muriel veranstaltet, bei denen sie als Preis vergeben wurde. Zum Glück schien sie mit ihren zwei Gefährten zufrieden zu sein.

Aus irgendeinem Grund erhoben Berserker paarweise Anspruch auf ihre Gefährtinnen, und meine Schwestern und ich galten als die einzigen Frauen, die den Fluch brechen konnten, der auf diesen Kriegern lastete. Wir besaßen eine zarte, unterschwellige Magie, die ihre grauen-

hafte Bestie bändigte – das Monster, das ihnen die Berser-
ker-Stärke verlieh und ihnen jede Chance auf ein Leben in
Frieden raubte. Das Rudel hatte kurz davorgestanden, dem
Wahnsinn anheimzufallen, bevor man uns gefunden hatte.
Mittlerweile bestand für die Berserker zumindest wieder die
Hoffnung auf ein normales Leben.

Auf Muriel, Sabine und Brenna war bereits Anspruch
erhoben worden. Bald würde ich an der Reihe sein.

Wenn ich lang genug dafür lebte.

Der Graue lief wieder den Rand des Felds entlang,
folgte mir.

Ich beschleunigte die Schritte, bog um eine Ecke und
stieß auf einen großen schwarzen Hund, ein beeindru-
ckendes Tier, das mir bis zur Taille reichte.

Kein Hund. Ein Wolf. Berserker.

Die Menschen um uns herum verstummten und
entfernten sich schnell. Ich war nicht sicher, was sie mehr
einschüchterte: die großen, brutal wirkenden Krieger, die
mit stirnrunzelnden Mienen die verschiedenen Waren
begutachteten, oder der riesige Wolf, der zwischen den
Ständen umherstreunte.

»Gunnr.« Ich lächelte. Er war der einzige Berserker, mit
dem ich je unbeschwert reden konnte. Er lief immer in
Wolfsgestalt herum.

Der Kriegerwolf schmiegte sich sachte an meine Beine,
und ich vergrub die Hand in seinem dichten Fell. Er ging
mir nicht aus dem Weg, also kniete ich mich hin, um ihm
ins Gesicht zu sehen. Dabei begegnete ich dem Blick seiner
goldenen Augen, die kein gewöhnlicher Wolf besaß. Unnatürlich und intelligent.

Er starrte mich an, als wüsste er, dass etwas nicht
stimmte.

»Fleur? Wo wolltest du denn so überhastet hin?« Ein

Schatten fiel über mich, als Erik und Arne wieder an meinen Seiten erschienen.

»Nirgendwohin. Ich dachte nur, ich hätte ...« Ein plötzlicher Schmerz fuhr mir wie ein Stich in den Kopf, und ich kniff die Augen gegen die Sonne zusammen. Etwas lief mir über das Gesicht. Ich berührte meine Nase, und mein Finger löste sich rot von ihr. Blut.

Gunnr winselte.

Ich hob den Kopf. Der Graue stand keine drei Schritte entfernt. Er hatte stumpfe, ausdruckslose Augen. Die Augen eines Toten. Er hob eine knochige Hand und zeigte auf mich.

Wieder pulsierte mein Schädel.

»Fleur, was ist?« Meine Wächter redeten durcheinander. »Was passiert gerade?« Metall schrammte, als sie Waffen zogen.

»Nein, es ist nichts, tut niemandem ...« Mir drehte sich der Magen um, während ich die Worte murmelte. Die Welt neigte sich, meine Füße standen nicht mehr auf festem Untergrund. Meine Beine knickten ein, als mich ein Zittern überwältigte.

Ich griff nach Erik und öffnete angesichts seines wilden Gesichtsausdrucks den Mund, wollte ihm mitteilen, dass es mir gutging und ich solche Anfälle schon öfter gehabt hatte. Mein Kopf schnellte zurück, meine Zähne klackten mit jeder Zuckung aufeinander.

»Fleur!«

»Schnell, ergreif sie ...«

Starke Hände packten meine Arme. Ein fester Körper befand sich hinter meinem Rücken, sanfte Arme legten sich um mich.

Das Zittern ließ nach. Ich befand mich auf Arnes Schoß, den Kopf in die Beuge seines Ellbogens gebettet.

»Was ist passiert?« Muriel eilte herbei.

»Es geht ihr gut«, sagte Erik und strich mir das Haar aus dem Gesicht.

»Ich nehme sie«, verkündete Arne und hob mich hoch. »Wir brechen auf. Dieser Ausflug ist vorbei.«

2

Als sich die Gruppe auf den Wald zubewegte, lehnte ich die Stirn an Arnes muskulöse Schulter. Seine Haut roch satt und erdig, mit einem Hauch von Gewürzen. Ich hob den Kopf und blickte in funkelnde Augen. Seine Berserker-Raserei schwelte dicht unter der Oberfläche und drohte, auszubrechen. Dennoch war er wunderschön. Seine goldenen Augen leuchten in den Schatten des tiefen Walds.

»Etwas hat dir vorhin Angst eingejagt«, sagte er leise. »Bei unserer Ankunft ist es dir noch gutgegangen.«

»Es war die Hitze«, flüsterte ich und senkte den Blick. »Die Sonne und all die Menschen.«

Seine Augen funkelten. »Lüg mich nicht an. Du hattest Angst. Das konnte ich riechen. Du hast auf dem Markt etwas gesehen, das dich verängstigt hat.«

Bevor ich es leugnen konnte, rief er zu Erik: »Nimm sie.« Arne reichte mich dem tätowierten Krieger und brach zurück in Richtung des Markts auf.

»Was hat er vor?«

»Er geht nur zurück, um herauszufinden, was dich so

erschreckt hat.« Erik drückte mich enger an sich. »Mach dir keine Sorgen um ihn, Mädchen. Er kann auf sich aufpassen.«

Ich kaute auf der Unterlippe, während uns Eriks entschlossene Schritte weiter in den Wald beförderten. »Du musst mich nicht tragen. Ich kann gehen.«

»Ich weiß, kleine Fleur.« Trotzdem ließ er mich nicht runter.

Ich fädelte einen Arm um seine Schultern. Diesmal achtete ich darauf, dem Krieger, der mich trug, nicht in die Augen zu sehen. Wölfe hatten strenge Regeln, die bestimmten, welchen Platz jedes Mitglied im Rudel einnahm. Einem stärkeren Wolf in die Augen zu sehen, galt als Herausforderung um Dominanz und endete mit einem Kampf oder einer Bestrafung vor dem versammelten Rudel. Obwohl meine Schwestern und ich Frauen waren und geschätzt wurden, hatten uns die Alphas gewarnt, dass die Regeln unverändert galten, bis die Berserker gefestigter und ihre wilde Natur – die sie »die Bestie« nannten – gebändigt wären. Die einzigen Wölfe, die meine Schwestern ansehen durften, waren ihre Gefährten.

Nach einigen Minuten auf dem Pfad zwischen den Bäumen versteifte er den Körper und wich vom ausgetretenen Weg ab. Hinter uns waren Muriel und ihr Gefährte verschwunden.

»Wohin gehen wir?«

»Arne hat auf dem Markt etwas gesehen, das ihm nicht gefällt. Wir ändern den Kurs.«

»Aber ...« Mein Protest verstummte abrupt. Die Alphas hatten meine Schwestern und mich vor den Gefahren gewarnt, die es barg, mit einem der Berserker allein zu sein, doch ich war gegen diesen Krieger hilflos. Es erschien mir am besten, ihn nicht zu reizen.

»Deiner Schwester passiert bei ihrem Gefährten nichts. Wir teilen uns auf.«

Erik verließ den Pfad und bewegte sich zwischen den dicken Kiefern hindurch, duckte sich unter die Äste, während ich mich an ihm festhielt.

»Sei unbesorgt«, sagte er so ruhig, als befänden wir uns auf einer Vergnügungsreise, statt uns zwischen Bäumen hindurchzuschlängeln, als würden wir von etwas gejagt. »Was immer es ist, Arne wird es von unserer Spur abbringen. Er ist der beste Kundschafter des Rudels. Wir werden oft zusammen zu Missionen entsandt.«

Statt seinem Blick zu begegnen, starrte ich auf seine Lippen – voll und perfekt geformt. »Bist du sein Kriegerbruder?«

»Aye. Er hat mir das Leben gerettet, ich ihm. Dadurch ist die Bindung zwischen uns entstanden. Wir sind uns näher als Brüder.«

Ich schluckte. Meine Schwestern hatte mir einige der Bindungen erklärt – jener Gedankenleitungen, die alle Mitglieder des Rudels miteinander verknüpften. Mit der Zeit ermöglichte es die Rudelmagie zwei Kriegern, untereinander eine noch engere, stärkere Bindung zu entwickeln. Diese sogenannten »Bruderbindungen« halfen dabei, sie am Leben zu erhalten. Wenn ein Krieger begann, der Berserker-Raserei zu erliegen, war der Kriegerbruder zur Stelle, um ihn ins Gleichgewicht zu bringen und vom Rand des Wahnsinns zurückzuholen.

Außer, die Bestie überwältigte sie beide, und sie wüteten, bis sie starben.

»Beruhig dich, Mädchen. In diesem Wald gibt es nichts, wovor man sich fürchten müsste, außer vielleicht vor mir.« Das Lächeln, das er mir schenkte, offenbarte sehr weiße, sehr spitze Zähne.

Mein Herz schlug bei dem Anblick schneller, allerdings nicht allein vor Angst.

Ein Schatten rührte sich im Unterholz.

Ich klammerte mich an dem Wikinger fest. »Irgendetwas verfolgt uns.«

»Das ist nur Gunnr.«

Während Erik sprach, huschte der Wolf aus dem Dickicht hervor und wieder hinein, verursachte dabei mit seinen riesigen Pfoten kein Geräusch.

»Er läuft hinter uns, um uns den Rücken zu decken. Du bist in Sicherheit, kleine Fleur.«

Ich erwiderte nichts. Noch vor einem Jahr hatte ich die Berserker mehr als jede meiner Visionen gefürchtet. Mittlerweile war ich mir nicht mehr so sicher. Meine Schwestern hatten mir erzählt, dass sie ihre Gefährten zwar mittlerweile liebten, sich jedoch anfangs vor ihnen gefürchtet hatten. Soweit ich es beurteilen konnte, wurde den Frauen natürlich keine Wahl gelassen, wenn Berserker Anspruch auf Gefährtinnen erhoben.

Mittlerweile waren meine Schwestern alle gepaart, und ich war an der Reihe.

Als wir einen von Sonnenlicht gesprenkelten Farnhain erreichten, verlangsamte Erik die Schritte.

»Hier können wir für eine Rast anhalten.«

Eine große Gestalt trat hinter einem Baum hervor, und ich erschrak. Der Mann trat ins Licht. Er hatte sich eine Feder hinters Ohr geklemmt, zusätzlich zu der anderen, die von seinem Ohrring hing.

»Arne.« Erleichtert atmete ich auf. Lächelnd kam er herüber und kauerte sich in meiner Nähe hin. Seine Zähne zeichneten sich weiß vor der bronzefarbenen Haut ab.

»Habe ich dir gefehlt, kleine Blume?«

Er hob die Hand und zog die Feder hinter seinem Ohr hervor. Noch nie hatte ich ein so fesselndes Muster gesehen.

»Behalte sie«, sagte er.

»Wo sind die anderen?«, fragte Erik.

»Auf halbem Weg zu ihrem Zuhause in der Nähe des Bergs. Es war wie vermutet. Was immer diese böse Gegenwart war, sie ist ihnen nicht gefolgt. Sie wollte Fleur.«

Gunnr knurrte, Eriks Stimme wurde belegt und kehlig. »Was war es?«

»Weiß ich nicht«, antwortete Arne. »Frag sie.«

»Hast du es gesehen?«, wollte ich wissen.

»Nein. Es hat sich irgendwie vor mir getarnt. Aber ich habe es am Rand des Wegs gespürt, wo wir dich weggebracht haben. Dann hat es sich wie ein böser Wind durch den Markt bewegt. Menschen meiden seinen Pfad.«

»Muriel hat es gesehen. Für sie hat es wie ein alter Mann ausgesehen«, sagte ich.

»Wie sieht es für dich aus?«

Ich beschrieb den grauen Mann und erwartete Hohn von den Kriegern. Stattdessen wechselten sie verkniffene Blicke.

»Was immer es ist, es besitzt Macht«, hielt Arne fest. »Ich habe seine Bösartigkeit gespürt.«

»Wir ruhen uns hier aus, bis wir sicher sind, dass es uns nicht folgt. Dann kehren wir nach Hause zum Rudel zurück«, entschied Erik.

»Ich richte ein paar Schutzzauber ein«, sagte Arne. Gunnr begleitete den kahlköpfigen Krieger, als er die Umgebung abschritt.

Ich schlang die Arme um die Knie. Mir war immer noch ein wenig übel. Was immer der Graue sein mochte, Arne hatte recht: Er hatte mich gewollt. Hätten mich nicht die Berserker bewacht, wäre ich mittlerweile wohl in seinen

Klauen. Die anderen Male, als ich die Grauen gesichtet hatte, waren sie in der Umgebung geblieben, hatten meine Schwestern und mich beobachtet, sich aber nie genähert. Hätte ich gewusst, dass dieses Wesen angreifen würde, ich wäre geflüchtet. Wenn es hinter mir her war, brachte ich alle in Gefahr.

Mein Kopf pochte nach wie vor. Ich wischte mir die Nase mit dem Ärmel ab und hoffte, dass kein getrocknetes Blut zurückgeblieben war.

Erik kniete sich vor mich. »Lass mich.« Er ergriff mein Kinn, neigte meinen Kopf zurück und wusch mir das Gesicht mit einem nassen Tuch. Für einen so kräftigen Krieger fühlten sich seine Berührungen sehr zart an.

»Danke«, sagte ich, als er fertig war. Ich hoffte, er würde sich entfernen. Etwas an seiner Nähe brachte meine Wangen zum Glühen.

Tätowierungen wanden sich über die harten, konturierten Muskelstränge seiner nackten Arme. An der Brust dehnten die Muskeln das Lederwams. Er war ein Berserker, ein jahrhundertealter, mächtiger Krieger. Schnell, brutal und übermenschlich stark, zugleich jedoch so kantig und gutaussehend wie ein menschlicher Mann. Seit dem Tag, an dem er in unsere Hütte eingebrochen war und mich verschleppt hatte, war er fasziniert von mir.

Seine Augen verengten sich, während er mich betrachtete und ich ihn.

»Dieses Wesen – der Graue – macht dich krank.«

»Ich bin oft krank. Das ist nicht neu.«

Er musterte mich. »Du versuchst zu verbergen, dass es dir schlecht geht.«

»Meine Schwestern wissen bereits, dass ich schwach bin. Sie haben jetzt ihre eigenen Gefährten. Ich will sie nicht beunruhigen.« Ich presste die Lippen aufeinander. Sie mussten nicht die Wahrheit wissen – nämlich, dass ich meinen eigenen Tod gesehen hatte. Ich würde nicht mehr sehr lange leben. Aber ich war dankbar, dass ich lang genug durchgehalten hatte, um alle meine Schwestern gepaart und glücklich zu erleben.

»Du achtest nicht gut auf dich«, warf mir Erik vor und drückte mir ein Stück Dörrfleisch in die Hand. »Du musst essen.« Er ergriff mein Handgelenk und führte meine Hand mit dem Fleisch zu meinem Mund. Als ich nicht davon abbiss, bedachte er mich mit einem tadelnden Laut.

Meine Brauen knautschten sich zusammen, obwohl sich mein Herzschlag unter seinem festen Griff beschleunigte. »Solltest du mich wirklich berühren?«

»Es gefällt dir.« Er grinste.

Ich wollte mich nicht ködern lassen. »Die Alphas haben meine Schwestern und mich davor gewarnt, irgendeinen Berserker bevorzugt zu behandeln. Das macht die anderen neidisch und verursacht Probleme. Wenn das Rudel herausfindet, dass wir Zeit zusammen verbracht haben, werden alle böse auf dich.«

»Bist du etwa besorgt um mich, Mädchen?«

»Ich will einfach keine Kämpfe heraufbeschwören.« Ich nahm einen Bissen von dem Fleisch, und er ließ mich los, blieb aber in der Nähe.

»Deine bloße Gegenwart reicht aus, um einen Kampf heraufzubeschwören. Jeder ungepaarte Krieger will mit dir zusammen sein. Aber keine Sorge, Mädchen, meine Kriegerbrüder können sich bei Auseinandersetzungen mit dem Rest des Rudels behaupten.« Er stupste mich in den Arm, eine stumme Aufforderung an mich, weiter zu essen.

»Und berührt habe ich dich jetzt nur, um dich sicher nach Hause zu bringen, dich warm zu halten und zu füttern. Daran ist nichts falsch. Nur wir drei sind hier, und wir sind

Kriegerbrüder. Wir teilen eine Bindung, in der kein Platz für Eifersucht ist. Würdest du einem von uns gehören, du würdest uns allen gehören.«

Ich schluckte den Bissen hinunter und legte die Stirn in Falten. »Ich gehöre keinem von euch.«

Darüber lächelte er nur und strich mir eine Strähne hinters Ohr. Hitze blieb zurück, wo seine Finger meine Wange und meine Schläfe streiften.

Er hielt mir ein weiteres Stück Fleisch an die Lippen. »Iss, kleine Blume.«

Mein Magen vollführte durch seine Nähe und seinen festen Ton einen Satz, aber es gelang mir, ein paar weitere Bissen hinunterzubekommen.

»Hier.« Arne ging neben mir in die Hocke und reichte mir mein Lieblingsessen. »Honigkuchen.«

»Den magst du«, merkte Erik an.

Ich knabberte am Rand von einem. »Ihr habt mich beobachtet.«

»Du hast gemerkt, dass wir dich beobachten.« Arne grinste und fuhr sich mit einer Hand über den kahlen Kopf. Mit seiner exotischen Hautfarbe und den ebenso exotischen Augen war er wirklich wunderschön.

Verspätet dachte ich daran, den Blick zu senken.

»Ist schon gut, Mädchen.« Erik klang belustigt. »Uns kannst du ansehen.«

»Ich dachte, das würde die Bestie erwecken. Ich wollte dich nicht in Versuchung führen.«

»Zu spät«, murmelte Arne.

Erik beugte sich näher. »Die Bestie genießt deine Aufmerksamkeit.«

Ich hielt mir den Honigkuchen so an den Mund, dass meine Hand meine errötenden Wangen verbarg.

»Sieh mich an, Fleur«, forderte mich Erik mit sanfter

Stimme auf, und mir liefen Schauder über den Rücken. »Ich bitte dich.«

Ich biss mir auf die Unterlippe und tat es. Als ich in jene goldenen Tiefen blickte, verlor ich mich darin.

»Braves Mädchen«, lobte mich der bärtige Krieger.

Als Arnes Hand meine Schultern streifte, erschrak ich und erstarrte wie ein verängstigtes Kaninchen.

»Ruhig«, beschwichtigte er mich.

»Ich finde immer noch, ihr solltet mich nicht berühren«, brummelte ich leise. Ich hatte keine Angst vor ihnen, nicht ganz. Hitze kräuselte sich durch mich, als hätte er ein Lauffeuer gelegt, das auf meiner Haut begann und durch meinen Körper raste, mein Innerstes wärmte. Meine Nippel kribbelten.

»Warum nicht? Magst du es, wenn wir dich berühren?«

Sie konnten riechen, ob ich die Wahrheit sagte.

»Ich weiß es nicht.« Ich zerbröselte den Honigkuchen mit den Fingern. »Es ist verboten. Das Rudel hat noch keinen Gefährten für mich ausgewählt.«

Erik legte die Hand auf meine.

»Hast du es noch nicht gehört? Die Alphas haben sich beim letzten Vollmond getroffen und einen Beschluss gefasst. Du hast bis zur Mittsommernacht Zeit, alle im Rudel kennenzulernen. Und dann sollst du einen Gefährten auswählen.«

Der letzte Bissen blieb mir im Hals stecken, brachte mich zum Prusten. »Was?«

»Man hat es dir nicht gesagt?« Erik sah Arne an, der mit den Schultern zuckte.

»Vielleicht warten sie, bis der Tag näher rückt, für den Fall, dass du krank wirst. Jedenfalls wirst du zu Mittsommer vermählt. Das gesamte Rudel harrt deiner Wahl.«

Ich legte eine Hand auf meinen Bauch und fühlte mich bereits krank.

»Ich verstehe das nicht.« Als wir uns wohlbehalten wieder auf dem Berg befanden, wandte ich mich an Muriel. Das Rudel hatte mir eine gesamte Kammer überlassen, als mich die Krieger zu ihrem Zuhause gebracht hatten. Die Räume waren von längst verschwundenen Wesen in den Hang des Bergs gehauen worden. Meine älteste Schwester Brenna hatte mit ihren Gefährten und Kindern ebenfalls eine eigene Kammer. Muriel lebte mit ihren Gefährten in der Nähe und kam oft auf Besuch. »Ich dachte, die Alphas würden mich als Preis an einen starken Krieger vergeben, genau wie bei dir.«

»Sei doch froh, Fleur. Die Alphas erlauben dir, einen Gefährten zu erwählen.« Schwang in Muriels Ton ein Hauch von Verbitterung mit?

»Und wenn ich keinen erwählen möchte?«

Muriel schürzte die Lippen. »Dann werden die Alphas für dich wählen.«

Ich rieb mir den Kopf, der seit dem Zwischenfall mit dem Grauen nicht mehr aufgehört hatte zu pochen. »Uns zu zwingen, Berserker zu heiraten ... das ist Wahnsinn.«

»Es ist notwendig.«

»Ich eigne mich nicht zur Gefährtin.« Zwar hatte ich seit dem Markt keinen Anfall mehr erlitten, aber das gesamte Rudel wusste von meiner plötzlichen Krankheit und der unbekannten Gefahr, die versucht hatte, mir zu folgen. Weitere Besuche im Dorf waren uns untersagt, bis das Rudel mehr über die Bedrohung herausgefunden hätte.

Ein weiterer Grund für Muriel, verärgert über mich zu sein.

»Ich bin die Schwächste der Schwestern.«

»Das spielt keine Rolle. Du wirst einen Gefährten auserwählen. Diese Krieger brauchen dich. Etwas an uns, an unseren Kräften, ermöglicht es ihrer Bestie zu schlafen. Wir bringen ihre blindwütige Raserei in ein Gleichgewicht.«

Ich schnaubte. »Warum geben sie mich nicht einfach dem gesamten Rudel zum Teilen? Jede Nacht einem anderen Berserker?«

Muriels Augenbrauen schossen hoch. »Wenn du darum ersuchst, werden sie es dir gewähren.«

Ich seufzte. Meine Zwillingsschwester nahm immer alles so ernst. »Das war ein Scherz. Ich will keinen Gefährten und erst recht kein ganzes Rudel davon.«

»Tja, du wirst trotzdem wählen müssen.« Muriel faltete sittsam die Hände vor sich, der Inbegriff von Pflichtbewusstsein. Sie war der starke Zwilling.

Ich war nie stark gewesen. Krankheit, Visionen und nun auch noch Feinde: Ich war es leid. Vielleicht würde es gut für mich sein, jung zu sterben.

Nur anscheinend würde ich dem Leben nicht entrinnen können, ohne mindestens einen Gefährten auswählen zu müssen.

Seit der Bekanntgabe der Alphas ließen mich die Krieger, die mich bewachten – und es waren immer andere Männer –, nicht mehr in Ruhe. Sie schenkten mir Blumen, Armreifen aus Gold und sogar die weichsten Tierfelle, die man sich vorstellen konnte. Bei Mahlzeiten türmten sich Honigkuchen vor mir, bis mir übel davon wurde.

All die Aufmerksamkeit weckte in mir den Wunsch, ich könnte mich einfach allein davonschleichen wie ein Tier. Oder für immer verschwinden. Meine Schwestern würden um mich trauern, aber mein wahres Schicksal würden sie nie erfahren.

Wäre ich tapfer gewesen, hätte ich dem Rudel von meiner Todesvision erzählt. Mein Körper, steif und regungslos in einem Grab. Und obwohl ich dabei keine grauen Männer gesehen hatte, wusste ich, dass sie bei meinem Ableben die Hand im Spiel haben würden.

DIE TAGE WURDEN LÄNGER, und ich wartete darauf, weitere Graue zu sehen. Visionen von ihnen erfüllten nachts meine Träume, bis ich kaum noch zu schlafen wagte. Meine älteste Schwester Brenna merkte an, wie blass und kränklich ich aussähe, und sie überredete ihre Alphas, mich in eine neu gebaute Hütte am Fuß des Bergs umzusiedeln. Sie meinte, dort könnte ich die frische Luft genießen und einfacher vom Rudel umworben werden.

Zuerst bekam ich noch mehr Angst vor den Grauen, aber als der Mond zu- und wieder abnahm, tauchten keine auf. Welche Magie die Berserker auch besaßen, sie hielt die unheimlichen Wesen fern. Ein Grund, dankbar für meinen neues Leben als Teil des Rudels zu sein.

Aber meine Kopfschmerzen blieben mir ebenso erhalten wie das Nasenbluten. Essen fand ich weniger und weniger ansprechend. Nachts schlief ich nicht mehr, daher döste ich tagsüber und erwachte dabei immer wieder schaudernd aus Albträumen.

Ich verbarg meine Krankheit, so gut ich konnte, dennoch dauerte es nicht lang, bis Brenna und ihre Alphas Sabine rufen ließen, die ein paar Wegstunden entfernt lebte. Meine blonde Schwester traf mit ihren zwei Gefährten ein, dem Alpha-Paar des Tieflandrudels. Sie veranstaltete einen großen Wirbel um mich, während ich schwach vom Fasten in der Hütte lag.

»Ein Fieber, aber keines, wie ich es je gesehen habe. Wie lange ist sie schon so kraftlos?«

»Sie ist schon früher krank gewesen«, murmelte eine männliche Stimme. Einer der Alphas.

»Noch nie so«, stellte Sabine klar. »Welches Fieber das auch ist, es spricht nicht auf die üblichen Kräuter an, die ich ihr gebe. Sie ist auch dünner geworden. Gebt ihr Fleur nichts zu essen?«

»Natürlich geben sie ihr zu essen«, mäßigte Sabines Gefährte sie.

Der Alpha des Hochlandrudels fuhrt fort. »Die Verschlechterung ihres Zustands hat begonnen, als das Rudel angefangen hat, sie richtig zu umwerben. Vielleicht liegt es am Druck, wählen zu müssen ...«

»Wir haben zugewartet, so lange es ging, bevor wir ihr gesagt haben, dass sie sich einen Gefährten nehmen muss. Länger können wir nicht mehr warten. Das Rudel braucht sie«, sagte ein anderer Alpha.

»Niemand kann sich mit ihr paaren, wenn sie stirbt«, fauchte Sabine. Meine zweitälteste Schwester besaß heißes Blut. »Lasst mich in Ruhe meine Arbeit tun.«

Die Stimmen verschwammen ineinander, bevor sie verblassten. Sabine ließ mich aufsitzen und flößte mir ein wenig Suppe ein. Sie und Brenna badeten mich und packten Wickel auf meine erhitzte Haut. Die Hütte füllte sich mit dem Duft brennender Heilkräuter.

Aber mein Fieber ließ nicht nach. Ich wusste nicht, wie viele Tage vergingen, während sie mich umsorgten, bei mir wachten und darauf warteten, dass die Krankheit ihren Tribut forderte.

Ich sterbe, hätte ich ihnen am liebsten gesagt. *Bereitet*

einen Scheiterhaufen vor. Die Grauen mussten gar nicht in meine Nähe kommen, um meinen Tod zu verursachen. Welchen Zauber die Gestalt am Markt auch gewirkt hatte, er hielt an. Die Krankheit loderte tief in meinen Knochen, ließ meine Lippen spröde und meine Haut trocken wie Laub werden.

Meine Schwestern waren in großer Sorge um mich und sprachen in gedämpften Tönen. Sie wollten die Hexe rufen, fürchteten sich jedoch davor, sie in meinem geschwächten Zustand in meine Nähe zu lassen. Die Alphas waren nicht sicher, ob die Hexe Freund oder Feind war.

Meine Schwestern schliefen in Schichten und wichen nur von meiner Seite, wenn ihre Gefährten sie wegzogen, damit sie aßen und ihre Kraft erneuerten. Als ich sie ersuchte, mich in Ruhe zu lassen, weinte Muriel zwar, aber alle drei respektierten meinen Wunsch.

In jener Nacht erwachte ich, als sich eine schattige Gestalt über mein Bett beugte. Matt zuckte ich zurück.

»Ganz ruhig«, liebkoste eine tiefe Stimme meine Ohren. Dunkle Hände hoben eine Kerze an und erhellten die schwarzen Brauen, die goldenen Augen und das atemberaubende Gesicht des vertrauten Berserkers.

»Kleine Blume«, sagte er in ernstem Ton und legte mir eine Hand auf die Stirn. Er roch nach Zedern, Gewürzen und etwas Kaltem, Frischem wie eine nur vom Licht der Sterne erhellte Winternacht.

»Arne«, hauchte ich seinen Namen, doch mir fehlte die Kraft für weitere Worte.

Draußen heulte ein Wolf, in dessen traurige Stimme zwei oder drei andere einfielen.

»Mir bleibt nicht viel Zeit. Deine Schwestern ruhen sich gerade unter der Obhut ihrer Gefährten aus, aber ich musste mich an deinen Wächtern vorbeischleichen.« Er

kniete sich neben das Bett und fasste in den kleinen Leder-
beutel, den er um den Hals trug. »Meine Urgroßmutter war
eine weise Frau. Sie besaß die Magie der Erde. Sie hat mir
beigebracht, wie man Böses abwehrt.« Er strich mir das
Haar zurück, dann berührte er mit einer Spirale aus Holz
und getrockneten Blättern meine Stirn und meine Lippen,
bevor er mir den Talisman auf die Brust legte. »Ich glaube,
du hast dir auf dem Dorfmarkt einen bösen Geist
eingefangen.«

»Das ist schon früher passiert«, flüsterte ich. »Die
Grauen kommen. Sie wollen mich holen. Ich kämpfe, so gut
ich kann, aber ...«

Ich hustete, und er legte mir eine große Hand auf die
Brust, drückte auf den Talisman. Das Rasseln in meiner
Lunge ließ nach, aber er ließ die Hand liegen, während sich
mein Körper unter ihrem warmen, schützenden Gewicht
entspannte.

»Du musst nicht länger kämpfen. Ab sofort wachen
meine Brüder und ich über dich.«

»Wirklich?«

Der flackernde Schein der Kerze erhellte die Ränder
seines Lächelns. »Ja. Du stehst unter unserem Schutz.«

Mit kraftloser Hand berührte ich die seine, die nach wie
vor über meinem Herzen ruhte. »Warum?«

»Weil du zu uns gehörst.« Er drückte meine Hand,
drehte sie um, legte den Schutzzauber hinein und schloss
meine Finger um ihn. »Genug. Ruh dich jetzt aus.« Seine
Lippen streiften meine Wange. »Keine Krankheit mehr, kein
Leiden. Du ruhst dich aus.« Mein Körper entspannte sich
auf seinen Befehl hin weiter. Ich schlief so schnell ein, dass
ich zu träumen glaubte, wie sich der große Krieger in einen
Adler verwandelte, der durch den Rauchabzug im Dach der
Hütte davonflog.

Bei Sonnenaufgang schlich Sabine wieder an meine Seite. Arnes Geschenk versteckte ich an der Hüfte. Meine Schwester freute sich so sehr über das Verschwinden des Fiebers, dass sie den Grund nicht hinterfragte. Gegen Mittag aß und trank ich normal, und in den nächsten Tagen erlangte ich einen Großteil meiner Kraft zurück.

Der Mond ging auf und schien mit seinem Licht durch das Loch an der höchsten Stelle des Daches, aber der Adler kehrte nicht zurück. Arne auch nicht. Unter dem Gewand, das mich bedeckte, betastete ich den Talisman. Meine Schwestern bestanden darauf, während der Nächte bei mir zu bleiben, aber ich schlief besser, wenn ich allein war. Dann stellte ich mir vor, Arne würde neben mir liegen und mich mit einem starken Arm an seinen Körper drücken.

Von den Grauen träumte ich nicht mehr. Stattdessen träumte ich von Arne und Erik mit dem Wolf Gunnr an ihrer Seite.

Zwei Nächte vor Mittsommer kamen die Alphas mit Sabine. Das Rudel erwartete immer noch, dass ich einen Gefährten auserwählte.

»Sie ist noch zu schwach«, behauptete Sabine.

»Nein, ich schaffe das«, sagte ich, aber meine Stimme war so leise, dass sie mich übertönten.

»Ihr müsst es verschieben – sie muss sich erholen. Sie braucht mehr Zeit.«

»Wir haben aber nicht mehr Zeit.« Einer der Alphas sprang von seinem Sitz auf, lief rastlos durch die Hütte und fuhr sich mit einer Hand durchs Haar. »Das Rudel wird allmählich verzweifelt, begierig. Die Mitglieder rangeln untereinander – es brechen jeden Tag mehr Kämpfe aus.«

»Ich kann das.« Diesmal legte ich so viel Kraft in meine Stimme, wie ich konnte. Sie hallte von den Dachsparren wider. Alle sahen mich an. »Ihr braucht von mir, dass ich einen Gefährten erwähle. Also werde ich mein Bestes geben. Ich werde mir einen des Rudels aussuchen ... schon bald.«

»Fleur, bist du sicher?« Sabine beugte sich vor. Einer ihrer Gefährten, der wilde Krieger mit den blauen Tätowierungen, legte ihr eine Hand auf den Arm, um sie zurückzuhalten. »Du kennst noch nicht viele Krieger des Rudels.«

»Ich werde mein Bestes geben.«

»Dein Mut wird nicht unbemerkt bleiben, Fleur«, sagte ein Alpha. »Diese Krieger hoffen alle darauf, eine Frau zu finden, die ihre Bestie zähmen wird. Soweit wir wissen, sind du und deine Schwestern die einzigen vier Frauen auf der Insel, die diese Fähigkeit besitzen.«

»Ich verstehe.«

»Wir haben viele der Krieger versammelt. Vom Hochlandrudel und Tieflandrudel. Gute Männer. Einen erwählst du zu deinem Gefährten «, erklärte der Alpha.

»Oder zwei. Vergiss nicht, dass der von dir auserkorene Krieger einen Kriegerbruder haben könnte. Ihre enge Bindung würde es ihnen erlauben, dich zu teilen«, fügte Sabines tätowierter Gefährte hinzu.

»Ich kann jeden Krieger aus dem Rudel wählen?«, hakte ich nach.

Die Alphas zögerten mit ihrer Antwort. »Jeden Krieger, der stark genug ist, dich zur Gefährtin zu nehmen. Wir haben diejenigen ausgeschlossen, die schon zu kämpfen haben und bald von ihrer Bestie überwältigt werden.«

»Morgen bringen wir dich zum Feld, damit du dir die

Spiele ansehen kannst. Nicht für das, was du denkst.« Der Alpha hob die Hand. »Du wirst nicht an den Gewinner vergeben.«

Vor einigen Monden hatten alle Berserker um meine Schwester Muriel gekämpft. Der Stärkste hatte im Gefecht ihre Hand errungen.

»Wir möchten dir nur die Gelegenheit geben, die Krieger zu beobachten. Vielleicht auch unter ihnen zu wandeln und sie zu begrüßen.«

»Kannst du das, Fleur? Bist du dafür stark genug?«

Innerlich seufzte ich. Zwar fühlte ich mich durchaus stark genug, um über das Feld zu wandern und mit den Kriegern zu sprechen, was ich den Alphas auch mitteilte. Aber ich konnte keinen Gefährten auswählen. Es würde ihm zu viel Kummer bereiten, wenn seine Braut die nächste Jahreszeit nicht erlebte.

Am nächsten Tag kamen Sabine und Muriel, um mich vorzubereiten. Sie flochten mir das Haar zu einem Kranz und sorgten sich stirnrunzelnd über meinen zu zierlichen Körper. Schließlich steckten sie mich in ein weiches Untergewand und ein cremefarbenes Kleid.

»Fleur, du siehst bezaubernd aus.« Meine Zwillingsschwester konnte die Überraschung nicht aus ihrer Stimme verbannen.

»Ein bisschen mehr Essen und Erholung, dann wirst du eine Schönheit, die uns alle überstrahlt«, meinte Sabine.

»Danke«, erwiderte ich, wenngleich ihr mein Spiegelbild im Badewasser widersprach. Ich war zu dünn und hatte dunkle Ringe unter den Augen. Aber ich lebte, und mein Geist wurde nicht mehr vom Fluch des grauen Mannes heimgesucht.

»Bitte.« Ich hob die Feder an, die ich von Arne hatte. »Flechtet ihr mir die ins Haar?«

»Natürlich.« Meine Schwestern schienen sich darüber zu freuen, dass ich sie um etwas gebeten hatte, wenngleich Sabine die Feder zuerst aufmerksam betrachtete.

Ich nahm mir einen ungestörten Moment und ließ Arnes Geschenk in einer Tasche meines Kleids verschwinden, bevor ich mich meinen Schwestern präsentierte. »Ich bin bereit.«

»Fleur.« Muriel drückte meine Hand. »Du kannst auswählen, wen du willst. Gibt es einen Krieger, der dir gefällt?«

»Nein.« Schwer vorstellbar, dass mir irgendein Berserker wirklich »gefallen« könnte. Sie waren keine Jungen aus unserem Dorf, die darum wetteiferten, mit mir tanzen zu dürfen. Sie waren tödliche Krieger auf der Suche nach einer Gefährtin, auf die sie lebenslang Anspruch haben wollten. Muriel war schon immer romantisch veranlagt gewesen, mittlerweile, da sie Gefährten hatte, nur noch mehr.

»Vielleicht einen, mit dem du gern redest?«, bohrte Sabine nach.

Ich seufzte. Sie würden nicht lockerlassen, bis ich ihnen eine Antwort gab, die sie hören wollten.

»Da gibt es einen. Arne. Den mit dem Federohrring.«

»Der Mohr?« Sabine horchte auf.

»Der Krieger, der dich ursprünglich gefangen genommen hat?« Muriel presste die Lippen aufeinander.

»Ja.« Arne und Erik hatten sich dabei abgewechselt, mich zu tragen.

»Dir liegt etwas an ihm?« Meine Zwillingsschwester hatte sich bei unserer Entführung gewehrt und war bewusstlos geschlagen worden. Obwohl sie es nicht zugab, verachtete sie die meisten Mitglieder des Tieflandrudels dafür, wie sie uns anfangs als Gefangene behandelt hatten. Sie würde niemals glauben, dass ich mich mit den Männern angefreundet hatte, von denen wir verschleppt worden waren.

»Mir liegt nichts an ihm. Ich kenne lediglich seinen Namen.«

»Ich werde nach ihm fragen.« Sabine erhob sich. »Wenigstens wirst du bei den Spielen ein Gesicht kennen.«

Aber als wir das Feld erreichten, fehlte von Arne, Erik und sogar Gunnr jede Spur.

»Wo ist Arne?«, platzte Sabine heraus, bevor ich sie auffordern konnte, es nicht zu tun. Ihre Gefährten, die zwei Alphas des Tieflandrudels, wechselten einen Blick.

»Warum fragst du nach ihm?«, wollte ihr tätowierter Gefährte mit knurrendem Unterton wissen. Mit versteinerter Miene packte er mit einer Hand ihren Oberarm. Ich erstarrte vor Angst, aber Sabine verdrehte nur die Augen und schlug nach ihm, als er sie näher zu sich zog.

»Beruhig dich, Wolf. Ich habe für Fleur gefragt. Du musst nicht eifersüchtig werden.«

Der Krieger entspannte sich. »Arne ist bei seinen Kriegerbrüdern. Sie suchen nach dem Bösen, das Fleur auf dem Markt angegriffen hat.«

Die Aufmerksamkeit des Alphas schwenkte zu mir. »Interessierst du dich für Arne und seine Brüder?«

»Brüder? Ich dachte, die Bruderbindung entsteht nur zwischen zwei Wölfen.« Sabine legte die Stirn in Falten.

»In den meisten Fällen ist das auch so, aber Arne, Erik und Gunnr teilen sie zu dritt. Damit sind sie die einzigen Berserker, und es hat Gunnr das Leben gerettet.«

»Gunnr?« Sabine atmete scharf ein. »Der Wolf, der mich angegriffen hat?«

»Ja«, bestätigte ihr Alpha-Gefährte und zog sie in seine Arme. »Fleur, beim Zusammenstellen deiner möglichen Werber haben wir diejenigen verbannt, die unbeherrscht sein könnten. Gunnr ist der Berserker-Raserei erlegen und hat versucht, Sabine anzugreifen. Hätten ihm Arne und Erik nicht geholfen, wäre er zum Tod verurteilt worden.«

Ein anderer Alpha ergriff das Wort. »Unbeherrschte Wölfe wurden davon ausgeschlossen, um deine Hand zu rittern. Sie sind keine geeigneten Gefährten.«

»Sind das nicht die Wölfe, die mich am dringendsten brauchen?«

»Nein, Fleur. Wir können nicht riskieren, dass einer die Herrschaft über seine Bestie verliert.«

Die Herrschaft über die Bestie verlieren. Eine schönere Umschreibung dafür, dass die Krieger wahnsinnig wurden, der Berserker-Raserei erlagen und alles und jeden in ihrem Weg vernichteten, ob Freund oder Feind. Ein mächtiger Wahn, der sie auf dem Schlachtfeld zu Siegern werden ließ, aber überall sonst Katastrophen heraufbeschwor.

»Wir haben nur Wölfe zugelassen, die stark genug sind, um der Berserker-Raserei zu widerstehen«, erklärte der Alpha.

Ich nickte knapp. Es gab für mich keinen Grund, mich enttäuscht zu fühlen. Ebenso wenig gab es einen Grund für mich, Arne, Erik und Gunnr auszuwählen, obwohl ich sie besser als jeden anderen Berserker kannte. Nur weil ich mich in ihrer Gegenwart wohler als in der von anderen fühlte, wurde es nicht einfacher, die Wahrheit zu erklären, die ich allen verheimlichte: dass ich meinen eigenen Tod gesehen hatte. Es spielte keine Rolle, welchen Berserker ich wählte, es würde mein Schicksal nicht ändern. Die langersehnte Gefährtin des Kriegers würde noch innerhalb des Jahres tot sein.

»Es gibt viele Krieger, unter denen du wählen kannst, Fleur«, meinte Sabine mit falscher Heiterkeit. »Bestimmt findest du einen anderen Berserker, der dir mehr zusagt als der Rest.«

Auf dem Feld prallten Männer und Wölfe bei einer gestellten Schlacht aufeinander. Sogar Spiele der Berserker waren gewalttätig und blutig.

Die nächsten zwei Tage verbrachte ich auf dem Podium, beobachtete das Geschehen, betastete Arnes Talisman in meiner Tasche und wehrte die Fragen meiner Schwester ab, welcher Wolf mir denn am besten gefiele. In den Pausen der Spiele begleiteten mich die Alphas durch die Scharen der kampferprobten, hartgesottenen Männer mit den goldenen Augen. Ich konnte mich nicht dazu durchringen, mir irgendeinen der Krieger genauer anzusehen. Sie lebten alle schon über ein Jahrhundert und hatten auf jemanden wie mich gewartet. Wie sollte ich da wählen?

AM MITTSOMMERABEND KLETTERTE ein goldener Mond in den Himmel.

»Jägermond«, sagte einer von Sabines Alphas, als wir nach einem langen Tag auf dem Feld, wo wir uns die Berserker-Spiele angesehen hatten, zu meiner Hütte zurückkehrten.

»Honigmond«, berichtigte ihn Sabine. »Fleur, kommst du heute Nacht allein zurecht?«

»Natürlich.« Nach den verruchten, erregten Blicken zu urteilen, die Sabine und ihre Alphas wechselten, konnten sie es kaum erwarten, sich in ihre persönlichen Gemächer zurückzuziehen.

»Du wirst nicht allein sein«, stellte der Alpha richtig. »Wir haben natürlich Wächter postiert.«

Er und meine Schwester gingen händchenhaltend. Ich

verriegelte die Tür. Hätten vor meiner Schwelle nicht zwei riesige Berserker mit Fackeln Wache gehalten, wäre ich versucht gewesen, mich davonzuschleichen. Am nächsten Tag musste ich mich für einen Gefährten entscheiden.

Im Licht des Monds wusch ich mir das Gesicht. Die junge Frau im Wasser sah traurig und mit der Feder im Haar irgendwie wild aus.

»Ich kann nicht wählen«, sagte ich zu ihr. »Ich brauche mehr Zeit.«

Ich hatte mich gerade hingelegt, als irgendwo nicht weit von der Hütte entfernt ein zorniges Gebrüll ertönte. Furcht kroch mir kribbelnd über den Rücken. Das Geräusch verstummte jäh, wurde abgelöst von einem wilden Knurren und Kampflärm.

Ich rappelte mich in dem Moment auf die Beine, als die Tür der Hütte splitterte und nach innen aufflog.

»Wer ist da?« Ein halber Schrei, der sich meiner Kehle entrang.

Dunkelheit erwartete mich. Jemand hatte die Wächter niedergestreckt und die Fackeln auf dem Boden gelöscht.

Ich kreischte, als mir eine dicke Decke über den Kopf geworfen wurde. So sehr ich zappelte und mit den Händen daran krallte, ich konnte mich nicht daraus befreien. Mein Angreifer hob mich hoch. Angst ließ meine Glieder so schwer werden, dass ich beinah keine Herrschaft mehr über sie hatte. Ich drückte gegen die riesige Gestalt, um sie von mir zu schieben, aber mein Angreifer zog mich mühelos näher. Die kühle Nachtluft an meinen nackten Füßen erschreckte mich, und ich geriet in Panik, zuckte in den Armen meines Entführers, als wäre ein Anfall über mich gekommen. Das Tuch, in das er mich gewickelt hatte, verhinderte den Großteil meiner Bewegungen, aber in meiner Panik kämpfte ich nur umso verbissener.

»Still, kleine Blume.« Eriks Stimme drang gedämpft durch den Stoff, dennoch erreichte mich seine Aufforderung. Ich hörte auf, mich zu wehren.

»Erik? Was hast du vor?«

Dem Wind auf meiner Haut nach rannte er mit verblüffender Geschwindigkeit, sprang und verrenkte sich, während er mich fest an sich gedrückt hielt und darauf achtete, mich nicht zu sehr durchzuschütteln.

»Still jetzt. Ich hab dich.« Seine Schritte wurden langsamer, er blieb stehen und zog die Decke weg. Wir befanden uns irgendwo tief im Wald in der Nähe eines Flusses. Das plätschernde Geräusch von fließendem Wasser vermischte sich mit dem Zirpen von Grillen und vereinzelten Rufen von Eulen. »Wir stehlen dich dem Rudel, Fleur. Gunnr hat für Ablenkung gesorgt. Arne kundschaftet gerade für uns.« Mondlicht schimmerte auf seinen Eckzähnen, als er lächelte.

»Warum?« Er stellte mich ab, und ich wich ein Stück von ihm weg. Meine Zähne klapperten, wie sie es immer taten, wenn ich mich zutiefst fürchtete. Hatten die Alphas das mit »unbeherrschten Wölfen« gemeint?

»Wir helfen dir dabei, deine Wahl zu treffen.« Er lief die Ränder der Lichtung ab.

»Das könnt ihr nicht machen«, empörte ich mich. »Die Alphas ... das Rudel ...«

»Sie werden aufgebracht sein.« Erik wirkte ruhig, wenngleich seine Augen in der Dunkelheit golden leuchteten. »Sie werden versuchen, uns zu folgen. Aber Arne besitzt ein wenig Magie, seine Urgroßmutter war eine Hexe. Er kann eine Zeit lang die Rudelbindung unterbrechen und uns Deckung geben.« Er kniete sich hin und schlug mit einem Feuerstein Funken gegen einen Holzhaufen. Die Lichtung ließ Anzeichen eines vorbereiteten Lagers erkennen – Bettrollen, ein Wasserschlauch, Waffen. Die drei unberechenbaren Krieger hatten das von langer Hand geplant.

Während Erik das Feuer in Gang brachte, wich ich weiter weg, blieb aber innerhalb des Kreises der Bäume. Wegzurennen, hätte keinen Sinn. Ich konnte nur abwarten und hoffen, dass diese Berserker nicht wahnsinnig waren. Wenn ich sie reizte, würde ihre Bestie sie vielleicht vollständig überwältigen – und ich wäre das nächste Opfer.

Das Feuer flackerte bereits mit kräftigen Flammen, als mir ein leichter Wind ins Gesicht wehte. Über meinem Kopf verhüllten mächtige Schwingen den silbrigen Mond. Ein Vogel landete in der Nähe des Feuers, ein Adler, der sich in einen Mann mit stechenden Augen verwandelte.

»Arne?« Ich schnappte nach Luft.

»Willkommen, kleine Blume.« Er kam auf mich zu. Sein kraftstrotzender Körper war bis auf einen Lendenschurz nackt. Ich erstarrte, als er sich bückte, um mich auf den Hals zu küssen. Seine Lippen fühlten sich heiß an meiner Haut an. Als er sich aufrichtete, grinste er mich an, während ich ihn mit großen Augen anglotzte. »Keine freundlichen Worte für deine Retter?«

»Sie denkt, wir hätten sie entführt«, erklärte ihm Erik.

»Du bist nicht unsere Gefangene, es sei denn, du willst wirklich nicht hier sein«, sagte Arne. »Und du hast unsere Gesellschaft doch immer genossen, nicht wahr, Fleur?«

»Sie riecht nach Angst.« Erik legte den Kopf schief. Seine Augen leuchteten heller auf. »Der Geruch ist herrlich.«

»Ich sollte nicht hier sein«, protestierte ich kleinlaut. »Das wird den Alphas nicht gefallen.«

»Die Alphas sind die geringste unserer Sorgen. Sie werden offen für Vernunft sein. Der Rest des Rudels ...« Arne zuckte mit den Schultern. »Die anderen werden es so sehen, dass wir ihnen einen Preis weggeschnappt haben. Ich gebe uns einen Tag, bevor die Schwächeren die Kontrolle verlieren und aus dem Rudel ausbrechen, um uns zu jagen. Ist besser, wenn wir nicht zu lange hier bleiben.«

»Nicht zu lange. Nur lang genug, damit sich Fleur ein wenig ausruhen kann.« Erik ging zu einem hinter dem Stamm eines Baums versteckten Bündel und holte eine aus mehreren zusammengenähten Fellen bestehende Robe hervor. »Hier.« Er kam auf mich zu. »Zieh dein Kleid aus und wickle dich in das.«

»Was ist das, Bruder?«, fragte Arne.

»Heute Abend legen wir eine falsche Fährte mit ihrer Kleidung. Die anderen werden ihrem Geruch folgen. In diesen Fellen sind Kräuter, die ihre Süße überdecken.« Erik drehte sich mir zu. »Mach schon, Mädchen, zieh dich um.«

Wie betäubt legte ich die Robe hin, die Erik mir übergeben hatte. Abgesehen davon, dass sie mich entführt hatten, schienen diese Wölfe nicht verrückt, sondern entschlossen zu sein. Aber würde der Anblick meiner nackten Haut ihre Bestie entfesseln?

Meine Hände zitterten, als sie dazu ansetzten, mein Obergewand zu entfernen.

Arne stupste Erik. »Dreh dich um.«

»Was?«

»Dreh dich um, damit sie sich ungestört ausziehen kann.«

Mit einem unglücklichen Gesichtsausdruck kam Erik der Aufforderung nach. Arne nickte mir zu, bevor er es ihm gleichtat.

Rasch zog ich mich aus, bevor sie es sich anders damit überlegen konnten, mir meine Ungestörtheit zu gönnen. Ich behielt das Untergewand an und schlüpfte in die Robe.

»Ich bin fertig«, sagte ich zu ihren breiten Rücken.

Erik hob meine Kleidung vom Boden auf. »Ich kaufe dir ein neues Kleid, Mädchen. Sobald wir in Sicherheit sind, kannst du haben, so viele du willst.«

Arne trat vor. Mit zärtlichen Händen zog er die Ränder der Robe zusammen und befestigte den Gürtel. »Eines Tages wird es dir gefallen, in unserer Gegenwart nackt zu sein. Du wirst es sogar genießen. Bis dahin verspreche ich dir, dass du bei uns in Sicherheit bist.«

Sein Murmeln brachte mich trotz der Wärme der Sommernacht und des schweren Umhangs zum Schaudern. Aus der Nähe kam mir sein halbnackter Körper noch kraftvoller vor. Die Linien der Muskeln in seinen Armen, seinen Beinen und seinem mächtigen Rumpf sahen wie gemeißelt aus.

»Fleur?«

Da ich meiner Stimme nicht recht vertraute, nickte ich nur.

In der Nähe knisterten die Büsche, als sich Gunnr durch sie schob und sich mit wedelndem Schwanz zu uns gesellte. Da ich das eindringliche Starren der zwei anderen Berserker nicht länger ertrug, sank ich auf die Knie und umarmte leicht zitternd den mitternachtsschwarzen Wolf.

Er leckte mir das Gesicht, und ich fand die Kraft, mich wieder zu den zwei Kriegern umzudrehen.

»Was habt ihr vor? Warum habt ihr mich entführt?«

»Die Alphas haben dir gesagt, du musst bis Mittsommer einen Gefährten auswählen, nicht wahr?« Erik war mit dem Feuer fertig, wischte sich die Hände ab und kam auf mich zu.

»Ja.« Wäre ich nicht an den großen Wolf geschmiegt gewesen, ich wäre vor dem Raubtier zurückgeschreckt, das aus Eriks Augen sprach.

»Aber du hast nicht gewusst, für wen du dich entscheiden sollst«, brummte Arne.

»Ich ... ich kann noch nicht wählen. Ich brauche mehr Zeit.«

Eriks und Arnes große Körper ragten über mir auf. Mein Herz pochte schneller. Gunnr stupste mich mit der Schnauze, bis ich einen Arm um seinen Hals schlang.

»Sei unbesorgt, Mädchen. Du musst keine Entscheidung mehr treffen.« Erik breitete die Hände aus. »Wenn du keine Gefährten auswählst, wählen deine Gefährten dich aus.«

»Das verstehe ich nicht.«

»Du gehörst jetzt uns, Fleur«, erklärte Arne mit seiner tiefen, weichen Stimme. »Wir erheben Anspruch auf dich.«

»A-Anspruch auf mich?«, stammelte ich. »Warum?«

»Weil du uns gehörst.« Mit einer Hand an meinem Arm zog mich Erik zwischen ihm und Arne auf die Beine. Die zwei rückten näher, nahmen mich mit ihren harten Körpern gefangen. Ein Kribbeln breitete sich durch mich aus.

»Du wirst es schon bald verstehen.«

»Was verstehen?«

Arne strich mir eine Strähne aus dem Gesicht. »Das wir für einander geschaffen sind.«

Ich senkte den Kopf, und er ergriff mein Kinn. Sein Daumen strich über meine Lippen. Blitze durchzuckten mich.

»Bitte«, flüsterte ich.

»Bitte was, Fleur?« Erik neigte den Kopf. Eingekeilt zwischen den riesigen Kriegern legte ich die Hände auf die Brust jedes Mannes, um sie zurückzuschieben und mir etwas Platz zwischen ihren vor Kraft strotzenden Körpern zu verschaffen.

Ein Fehler. Allein durch diese geringe Berührung ergoss

sich Hitze durch mich. Ich riss die Hände zurück, als hätte ich sie mir verbrannt, und ich wich von ihnen weg.

Sie ließen mich zwar gehen, drehten sich mir jedoch nach und setzten dazu an, mir zu folgen. Mit den leuchtenden Augen wirkten sie mehr wie Raubtiere als wie Menschen. Wenn sie beschlössen, mich zu jagen, hätte ich keine Chance.

Ich breitete die Hände aus, appellierte an ihre Vernunft. »Das könnt ihr nicht machen. Wenn das Rudel es herausfindet, töten euch die anderen.«

Erik legte den Kopf schief. Um seine Lippen spielte ein verhaltenes Lächeln. »Dann sorgen wir besser dafür, dass sie uns nicht finden.«

Soweit ich wusste, konnte nichts einen Berserker aufhalten – außer ein anderer Berserker. So sehr mich diese drei ängstigten, ich wollte nicht mit ansehen, wie sie vom Rudel in Stücke gerissen wurden.

»Also werden wir ewig auf der Flucht sein?«

»Nein«, widersprach Arne. Auch er wirkte belustigt. »Nur, bis du entscheidest, uns zu erwählen.«

»Ich kann keinen Gefährten auswählen.«

Erik setzte sich in Bewegung. Arne tat es ihm gleich. Sie kamen auf mich zu, bis meine Beine gegen Gunnr stießen. Ich saß zwischen den drei Berserkern fest.

Erik zwinkerte. »Es wird uns ein Vergnügen sein, dich vom Gegenteil zu überzeugen.«

3

Nach ein paar Stunden brachen wir wieder auf. Ich hatte ein wenig auf Gunnr in seiner Wolfsgestalt geschlafen. Auch nun döste ich immer wieder mit dem Arm um Eriks Hals ein. Der Wind im Gesicht verriet mir, wie schnell die Berserker reisten.

In der Morgendämmerung erreichten wir die Kuppe eines kahlen Hügels. Im Umkreis von Meilen und Abermeilen erstreckten sich um uns herum nur Wald und Felder. Die Sonne kletterte in den Himmel, und immer noch trug mich Erik, als wöge ich gar nichts. Gelegentlich flog der große Adler über uns hinweg, und der schwarze Wolf huschte aus dem Unterholz hervor.

Wir gelangten zu einem mächtigen Fluss, dem Erik folgte, bis er sich in zwei kleinere Arme gabelte. Der Krieger watete in einen der beiden und hob mich dabei so hoch, dass meine Robe das Wasser nicht berührte.

»Das Wasser tarnt unsere Spur«, erklärte er, nachdem er auf der anderen Seite ans Ufer gestiegen war und wieder in lockeren Laufschritt verfiel. Als er merkte, dass ich wacher geworden war, fragte er: »Erinnerst du dich an die Nacht, in der wir dich ursprünglich geholt haben?«

»Ja.«

Wir erreichten einen kleinen Wasserfall, und Erik wurde nicht langsamer. Mein Arm schlang sich fester um seinen Hals, als er hinunter auf die Steine neben dem rauschenden Wasser sprang und den Weg fortsetzte.

»Du warst so zierlich und so tapfer.«

Ich blinzelte. In der Nacht unserer ursprünglichen Entführung durch die Berserker hatten Muriel und ich geschlafen, bis sie die Tür eingetreten hatten. Meine Zwillingsschwester war mit einem Dolch in der Hand aufgesprungen, während ich mich auf dem Bett gewunden hatte. Ein Berserker hatte sie mühelos geschnappt, und Erik hatte sich mir genähert. Ich hatte kaum genug Luft zum Schreien bekommen.

»Still, Kleines«, hatte er beruhigend auf mich eingeredet. »Wir werden euch nicht wehtun.«

»Bitte, lasst mich in Ruhe«, hatte ich mit schriller Stimme erwidert und mich unter einer Decke verkrochen. Im Nu hatte er mich aus dem Bett geholt und hinaus in die Nacht getragen, ziemlich so wie letzte Nacht.

So, wie er mich nun trug.

»Ich war nicht tapfer.«

»Warst du wohl. Wir haben dich durch die Nacht getragen, du hast gezittert, trotzdem bist du wach geblieben und hast Fragen gestellt.«

Einmal hatten sie angehalten, um mich in eine Decke aus Tierfellen zu wickeln. Da war ich Gunnr zum ersten Mal begegnet und war vor der großen Wolfsgestalt zurückgeschreckt. Er hatte sich hingelegt, den mächtigen Schädel auf die Pfoten gebettet, das Maul geschlossen gehalten und sich sanftmütig wie ein Hirtenhund verhalten. Was mich letztlich dazu verleitet hatte, ihn zu streicheln. Die gesamte Nacht war sogar noch seltsamer als eine meiner Visionen gewesen – angefangen damit, dass furchterregende Krieger in unser Zuhause eingedrungen waren, bis dahin, dass ich Trost bei einem riesigen schwarzen Tier gesucht hatte.

Erik schien darauf zu warten, dass ich etwas sagte. »Die Geschichten, die ihr erzählt habt, waren so fantastisch. Der Fluch der Hexe, die Schlachten, die ihr durch die Berserker-Raserei gewonnen habt – fast hätte ich euch nicht für real gehalten.«

»Siehst du oft Dinge, die es nicht wirklich gibt?«, fragte er in vorurteilsfreiem Ton, dennoch sah ich ihn scharf an. Ich hatte von Kindesbeinen an gelernt, nicht über Dinge zu sprechen, die niemand außer mir sehen konnte. Wie würde dieser Berserker reagieren, wenn ich ihm erzählte, dass mich fast jeden Mond Visionen heimsuchten? Vielleicht würde er mich für wahnsinnig halten und mit Mitleid bedenken. Oder seine Bestie könnte entscheiden, dass ich gefährlich wäre. *Ein wahnsinniger Wolf ist ein toter Wolf.* Das Rudel würde jemanden, der so übernatürlich und von den Göttern geschlagen war, vielleicht nicht dulden. Dieser Berserker würde trotz all der Zeit, die wir zusammen verbracht hatten, vielleicht dasselbe denken.

Ich schwieg, und er bedrängte mich nicht. Als wir weiterreisten, entspannte ich mich mehr und mehr in den Armen meines Entführers. Belustigung spielte um seine vollen Lippen. Sein von einem schwarzen Bart umrahmtes Gesicht war trotz einer krummen, zweifellos mehrfach gebrochenen Nase hübsch.

Einmal schaute er auf, als der Adler über den leeren, blauen Himmel schwebte. »Arne ist neidisch.«

»Was?«

»Er wünschte, er wäre derjenige, der dich trägt.« Erik

schenkte mir ein breites Grinsen, das durch die scharfen Eckzähne und das goldene Funkeln in seinen Augen bedrohlich wirkte. »Er möchte, dass wir bald anhalten, damit er an die Reihe kommt. Ich habe ihm gesagt, dass er am Himmel bleiben muss.«

»Warum ist Arne ein Adler, während sich der Rest der Berserker in Wölfe verwandelt?«

»Lass mich ihn fragen.« Erik schwieg eine Weile. »Arne sagt, dass er sich an kaum etwas aus der Nacht erinnert, in der uns die Hexe verflucht hat.« Nach einer kurzen Pause, in der er das Gesicht über die eigenen Erinnerungen an jene Nacht verzog, fuhr der bärtige Krieger fort: »Die Hexe hat ein Wolfsrudel geschlachtet, um uns mit dem Fleisch der Tiere zu füttern, aber die Magie in Arnes Blutlinie hat es zurückgewiesen. Als wir alle uns in Wölfe verwandelt haben, hat er die Gestalt eines Adlers angenommen.«

Ich schaute zum Himmel. Der Adler zog nach wie vor träge Kreise über uns. »Wann hat er das gesagt?«

»Gerade eben.«

»Du kannst mit ihm reden?«

»Sicher. So funktioniert die Bindung. Wir können mit dem gesamten Rudel in Verbindung treten, aber zwischen meinen Brüdern und mir sind die Botschaften deutlicher.«

»Können nicht die Alphas mit allen Wölfen sprechen?«

»Aye.« Mein Griff verstärkte sich, als Erik von Fels zu Fels sprang. Seinen harter, muskelbepackter Körper federte jede Landung so ab, dass ich kaum etwas davon spürte. »Aber im Augenblick sperren wir sie und das Rudel aus.«

»Warum?«

»Damit sie uns nicht aufspüren können. Wir sind einsame Wölfe. Wir haben das Rudel verlassen, sind abtrünnig geworden.«

»Was bedeutet das?«

Plötzlich zeigten sich Spuren von Anspannung in Eriks Gesicht. »Wir sind jetzt Geächtete. Wenn sie uns fangen, sterben wir.«

Bei Einbruch der Dämmerung verließen wir den Fluss und steuerten eine dichte Baumgruppe an. Erik wirkte nicht müde, obwohl er stundenlang mich in seinen Armen und ein kleines Bündel auf dem Rücken getragen hatte.

Ich hatte wieder ein wenig gedöst, und als mich der Krieger auf den Boden stellte, wankte ich kurz auf steifen Gliedern. Da mein Körper brüllend Erleichterung verlangte, wandte ich mich an Erik, und er erlaubte mir, mich hinter ein Gebüsch zurückzuziehen, damit ich ungestört war.

Als ich zurückkehrte, hatte Erik bereits einige abgestorbene Äste zu einem Haufen getürmt. Arne war eingetroffen, bewegte sich als flinker Schatten durch den Wald und half Erik mit dem Feuer.

Gunnr brach mit einem Vogelkadaver im Maul aus dem Unterholz hervor. Er legte das Tier in der Nähe des Feuers ab und kam zu mir.

Er beschnupperte mich von oben bis unten, während ich das dichte Fell seines Rückens streichelte und seine weichen Ohren kraulte.

»Es geht mir gut«, sagte ich zu ihm. »Bin nur müde.« Ich rollte mich an ihm ein, als mich die Ereignisse der vergangenen Nacht und dieses Tages wie ein schweres Gewicht einholten. Obwohl mich Erik getragen hatte, kam es mir so vor, als wäre ich von früh bis spät gelaufen.

Arne unterbrach seine Arbeit, um eine aus Fellen gefertigte Decke über mich auszubreiten. »Ruh dich aus, Kleines.«

»Wie weit gehen wir noch?« Mit einem Gähnen legte ich den Kopf auf Gunnrs Rücken.

»Gar nicht mehr. Heute Nacht bleiben wir hier.«

Der Wolf drehte den Kopf und leckte mir die Wange. Ich wollte fragen, warum mich diese Krieger geraubt hatten, was sie von mir erwarteten. Sie hatten alles aufs Spiel gesetzt, weil sie glaubten, ich wäre ihre Gefährtin. Was, wenn sie sich irrten?

ICH ERWACHTE durch Eriks Hand auf meiner Schulter. »Komm, Mädchen. Du musst essen.«

Gunnr hatte sich um mich geschmiegt und stützte mich mit seinem warmen Gewicht. Langsam setzte ich mich auf und dankte Erik, als er mir ein Stück Fleisch brachte und die Decke enger um mich zog.

Er setzte sich in der Nähe auf einen Stein und beobachtete mich beim Essen. Als ich fertig war, gab ich dem Wolf die übriggebliebenen Knochen.

Seufzend lehnte ich mich an ihn zurück.

»Jetzt sind sowohl Arne als auch ich neidisch.«

»Warum?«

»Weil Gunnr bei dir schlafen darf.«

Ich runzelte die Stirn. Man vergaß so leicht, dass Gunnr in Wirklichkeit ein Mann war. Der Wolf bleckte die Zähne, was annähernd wie ein Grinsen aussah, dann senkte er den Kopf, um den Rest der Knochen zu zermahlen.

»Er wünschte, er wäre nicht an seine Wolfsgestalt gebunden. Weil er dich gern in die Arme nehmen würde.«

»Warum ist er immer ein Wolf?«, fragte ich.

»Gunnr war der Stärkste von uns und hat uns geholfen, unsere Bestien zu kontrollieren. Im Verlauf der Zeit hat ihn das geschwächt, und er wurde selbst überwältigt. In einen Wolf verwandelt zu bleiben, hält ihn davon ab, sich im Berserker-Wahn zu verlieren.«

Gunnr sah mich mit so viel Intelligenz im Tiergesicht an. Um die Schnauze hatte er ein paar weiße Härchen, die einzige Zeichnung in seinem mitternachtsschwarzen Fell. Wie sah er wohl als Mann aus? Würde ich es je erfahren?

Wenn die Bestie seinen Geist verschlänge, wäre er für immer weg.

»Wie unterscheidet sich der Wolf von der Bestie?«, fragte ich Erik, während ich Gunnrs riesige Pfote rieb.

»Der Wolf entspringt natürlicher Magie. Es gibt Werwölfe, die sind einfach nur Mensch und Wolf. Sie leben in Harmonie mit ihrer Natur. Als die Hexe uns verflucht hat, sind wir dadurch zu Wölfen geworden, aber mit mehr Macht. Die Bestie ist Bestandteil des Fluchs, der verunreinigten Magie.«

Meine Schultern hoben und senkten sich mit einem Seufzen. Ich zog die verrutschte Decke wieder enger um mich.

Gunnr winselte über den Verlust meiner Berührung.

»Was ist, Mädchen?«

»Nichts.«

»Teil uns deine Gedanken mit.« Arne ließ sich in der Nähe nieder. »Wir möchten nicht, dass du uns fürchtest. Wenn wir erst gepaart sind, wird es keine Geheimnisse mehr zwischen uns geben.«

Ich biss mir auf die Unterlippe. Sie hatten so viel aufs Spiel gesetzt und erhoben Anspruch auf mich, obwohl das Rudel versuchte, uns zu trennen. Vielleicht konnte auch ich ein kleines Wagnis eingehen.

»Gibt es denn irgendeine Magie, die kein Fluch ist?« Die Krieger wirkten nicht überrascht von meiner Äußerung, aber ihre Körper spannten sich an, als wären sie bereit, für mich in die Schlacht zu ziehen.

»Ich besitze Magie«, fuhr ich fort. »Ich wünschte, es wäre nicht so. Ich würde sie aus mir herausschneiden, wenn ich könnte.« Sie hatte mich mein Leben lang immer wieder krank gemacht, hatte meine Tage in wachem Zustand mit Albträumen ausgefüllt. Ich sah Dinge, die ich nicht sehen sollte. »Sie ist böse.«

»Sie ist eine Gabe«, widersprach Arne und schüttelte den Kopf. »Die Göttin hat dich mit der Gabe der Hellsicht gesegnet. Im hohen Norden würde man dich als Seherin preisen. Als *Vala*.«

»Du besitzt große Macht, Fleur«, fügte Erik hinzu.

»Macht? Meine Macht schwächt mich nur.«

»Wir glauben, dass wir dir helfen können«, sagte Arne.

»Wie?«

»Wenn sich die Paarungsbindung bildet, tragen wir die Last deiner Hellsicht mit. So, wie wir drei zusammen in der Lage sind, gegen den Würgegriff der Berserker-Raserei anzukämpfen, werden wir dir Unterstützung bei deinen Fähigkeiten bieten können.«

»Wir können dir helfen, Fleur. Du bist nicht allein.«

Sie wirkten so aufgeregt und beflissen, aber ich fühlte mich nur müde.

»Das klingt zu schön, um wahr zu sein.« Ich ließ den Kopf an Gunnrs Körper zurücksinken und schloss die Augen.

Gunnrs beruhigende Wärme und Eriks Stimme folgten mir in meine Träume.

»Sei unbesorgt, Mädchen. Wir helfen dir, gesund zu werden.«

ALS ICH DAS nächste Mal erwachte, beugte sich Erik mit
einer Schale in der Hand über mich. Ich setzte mich auf,
und er hielt sie für mich, während ich die üppige Brühe
trank. Als ich den Mund ausreichend befeuchtet hatte, um
sprechen zu können, dankte ich ihm.

»Das ist gut. Wann habt ihr es gekocht?«

»Wir sind schon einen Tag und eine Nacht hier.«

»So lange habe ich geschlafen?« Abgesehen von Erik
und dem weit heruntergebrannten Feuer präsentierte sich
die Lichtung leer. Von dem Wolf und Arne fehlte jede Spur.

»Aye, und du siehst allmählich besser aus. Wie fühlst du
dich?« Er strich mir die Haare aus dem Gesicht.

Ich streckte zur Probe die Arme. »Gut.« Meine lange
Erholung hatte die Steifheit in meinem Körper tatsächlich
vertrieben. »Hungrig.«

»Dann iss die Brühe auf«, sagte er und wirkte erfreut.
»Sobald du damit fertig bist, bekommst du Honigkuchen.«

Unter Eriks wachsamem Blick aß ich langsam, aber
stetig. Der große tätowierte Krieger spielte weiter das
Kindermädchen für mich, legte Holz nach, um über dem
Feuer weitere Brühe zu wärmen, wickelte die Decke um
meine Beine und kniete sich sogar hinter mich, um mir die
Haare zu flechten. Ich gab mich seinen Berührungen hin,
als wäre er eine meiner Schwestern. Nur wenige Tage, und
schon hatten mich diese Krieger an den Anspruch gewöhnt,
den sie auf mich erhoben. Nachdem Erik Holz ins Feuer
nachgelegt hatte, wich er nicht mehr von meiner Seite.

Als ich mit dem Essen fertig wurde, nahm er mir die
Schale ab. Ich wollte aufstehen, und er bremste mich mit
einer Hand auf meiner Brust.

»Langsam, Mädchen.«

Seine Pranke ruhte mit gespreizten Fingern knapp über meinen Brüsten. Ich spürte die Hitze seiner Haut durch den dünnen Stoff meines Untergewands und errötete, weil ich mich plötzlich weniger wie eine Siechende und vielmehr wie eine Frau fühlte.

»Bitte, es geht mir viel besser. Ich muss mich erleichtern.«

Er half mir hinüber zu den Büschen und ließ mir etwas Ungestörtheit, obwohl er in der Nähe blieb.

Ich verrichtete mein Geschäft und kehrte mit mehr Kraft zum Feuer zurück. Erik folgte mir. Einmal wankte ich ein wenig, was schon genügte, dass er mich wieder hochhob.

»Ich dachte, diese Krankheit hätte geendet«, klagte ich, um mich davon abzulenken, wie wohl ich mich in seinen Armen fühlte. Er schien jede Gelegenheit zu nützen, mich zu berühren.

»Arne glaubt, die Erschöpfung liegt an der langen Reise und deinen Sorgen. Zerbrich dir nicht den Kopf, Mädchen. Du wirst stärker werden, vor allem jetzt, da du bei uns bist.«

Dem wollte ich widersprechen, allerdings konnte ich nicht leugnen, dass ich mich tatsächlich wesentlich besser fühlte und es schön fand, von den großen, vor Kraft strotzenden Krieger umhegt und umsorgt zu werden.

Erik setzte mich auf einen Stein und ließ mich weitere Brühe essen, während er sich mit kleineren Tätigkeiten im Lager beschäftigte.

»Irgendetwas Neues über das Rudel?«, erkundigte ich mich.

»Die anderen sind wütend. Immerhin haben wir uns von ihnen losgesagt. »Er fuhr sich mit der Hand über die Stirn, die er leicht runzelte, aber der Ausdruck verschwand, als er an meine Seite zurückkehrte.

»Besteht irgendeine Gefahr, dass sie uns hier finden?«

»Keine. Arne hat einen Schutz über das Lager ausgebreitet. Nicht einmal eine Hexe könnte uns finden.«

Er nahm mir die leere Schale ab und streckte mir die Hand entgegen. »Komm, Mädchen. Lass uns zum Fluss gehen.«

Kraft kehrte in mich zurück, als ich neben ihm ging, eingehängt in die Beuge seines tätowierten Arms. Das Geräusch von fließendem Wasser wurde lauter, und Gunnr kam aus dem Wald hervor, tappte geräuschlos hinter uns drein.

Ich blieb stehen, um den schwarzen Wolf zu begrüßen.

»Danke, dass du auf mich aufgepasst hast, während ich geschlafen habe«, flüsterte ich ihm zu. »Meine Träume waren deinetwegen gut.«

Der Wolf grinste mit herausbaumelnder Zunge.

»Hier entlang, Mädchen«, rief Erik. Auch er hatte ein breites Lächeln im Gesicht.

Ich hob die Röcke für den Rest des Wegs an. Der Wikinger ließ mich allein gehen, wenngleich er immer in unmittelbarer Nähe blieb. Indem er mir unscheinbar fallweise die Hand auf die Schulter legte oder mich an der Hüfte stupste, manövrierte er mich dorthin, wo er mich haben wollte.

Als wir dem Fluss näher kamen, schlug Erik einen Umweg ein und führte mich zu einem Teich im Wald. Er deutete zum Wasser, das spiegelglatt in der Hitze des Tages funkelte.

»Ich dachte mir, du möchtest dich vielleicht waschen.«

Nachdem ich die Stiefel ausgezogen hatte, zog ich den Saum meines Untergewands zu den Knien hoch und watete in den Teich.

Erik fing meinen Arm ab.

»Willst du dich nicht ausziehen?«

»Nein.« Mit verkniffener Miene senkte ich den Blick.

»Du solltest dich daran gewöhnen, in unserer Gegenwart nackt zu sein«, meinte er, zwang mich aber nicht, mein Untergewand abzulegen.

Es musste ohnehin auch gewaschen werden.

Mit über dem dünnen Stoff verschränkten Armen stieg ich ins Wasser. Nass würde das Kleidungsstück praktisch durchsichtig sein. Bei der Vorstellung, diese Krieger könnten meine nackte Gestalt sehen, schlug mein Herz schneller, aber ich verdrängte den Gedanken rasch. Niemand wollte eine dürre, kränkliche Frau. Diese Krieger hatten mich in meinem schlimmsten Zustand gesehen und wollten mich zwar als Gefährtin, begehrten mich aber nicht wirklich.

Zumindest redete ich mir das wieder und wieder ein, bis ich hinter mir ein Platschen hörte.

Erik watete durchs Wasser hinter mir her. Seine blasse Brust zeigte sich in all ihrer Pracht aus Narben und Muskelsträngen.

Das Wasser um mich herum schien sich zu erwärmen, und obwohl ich nicht nackt war, tauchte ich rasch unter, weil ich mich entblößt fühlte. Erik schwamm in langsamen Kreisen um mich herum und grinste dabei ununterbrochen.

Ich tat so, als würde ich ihm keine Beachtung schenken.

Der Tag war warm und schön, der schwarze Wolf döste am sonnigen Ufer. Das kühle Nass erfrischte meinen schläfrigen Körper, als ich mir die Haut schrubbte. Zwar hatte ich keine Seife und keine Kräuter zum Reinigen, aber ich gab mein Bestes, fuhr mir mit frustrierten Fingern durch das verworrene Haar.

Abgelenkt bewegte ich mich rückwärts gegen eine warme Mauer.

»Lass mich mal«, murmelte mir Erik ins Ohr.

Seine große Hand drückte mein Genick, eine zarte Erinnerung an seine Kraft. Ich neigte das Haupt, als seine Finger durch meine hellen Strähnen glitten und meine Kopfhaut massierten, bis sich mein Körper anfühlte, als würde er schmelzen.

»Ich wusste nicht, dass Berserker zu so zarten Dingen in der Lage sind.«

»Ich habe festgestellt, dass ich alle möglichen Dinge lerne, die ich nicht für möglich gehalten hätte – für dich.«

Seufzend lehnte ich mich an seine harte Brust. Meine Wange befand sich nur einen Fingerbreit von den wie gemeißelt aussehenden Muskeln entfernt. Das Wasser lief in Rinnsalen die Erhebungen und Täler seines breiten Rumpfs hinab.

Ich leckte mir die Lippen.

»Durstig, Mädchen?«

Ich schüttelte den Kopf, als wäre ich benommen, und schwamm weg.

Von einem Ohr zum anderen grinsend sank Erik ins Wasser, tauchte wieder auf und schüttelte sich Wasser aus dem schwarzen Haar. Sein dunkler Kopf glänzte wie der eines Raben.

Wieder fing der Krieger an, mit einem Grinsen im Gesicht schwimmende Kreise um mich zu ziehen.

Da sich meine Kehle plötzlich staubtrocken anfühlte, musste ich mehrmals schlucken, bevor ich sprechen konnte. »Du bist ein Berserker. Aus dem hohen Norden, richtig?«

»Ja. Man hat uns Wikinger genannt.«

»Und doch hast du kein helles Haar«, merkte ich an.

»Stimmt, kleine Blume.« Er schwamm näher. »Meine Mutter war eine Sklavin, genau wie Arnes Mutter. Wir haben unsere Freiheit erlangt, indem wir in unserer Heimat für den Jarl gekämpft haben. Zusammen mit der Gruppe von Kriegern, die sich an die Hexe gewandt haben, und so wurden wir als Berserker verflucht.«

Er bewegte sich so nah zu mir, dass seine Brust die meine beinah streifte. Meine Brustwarzen richteten sich unter dem nassen Stoff meines Gewands auf.

Ich schluckte schwer und wich einen Schritt in Richtung des Ufers zurück. Er folgte mir und legte den Kopf schief, als wollte er mich dazu herausfordern, die Flucht zu ergreifen. Das würde eine kurze Hetzjagd werden. Das Gold in seinen Augen verriet mir, dass seine Bestie dicht unter der Oberfläche lauerte.

Mein Herz schlug wie die Flügel eines verängstigten Vogels, doch ich hatte keine Angst vor ihm. Tatsächlich wusste ich nicht, was ich empfand.

»Es tut mir leid, dass die Hexe dich verflucht hat.«

»Mir nicht.« Er rückte weiter näher. »Immerhin hat mich das zu dir geführt.«

Als ich mich von ihm abwandte, strichen seine Finger über meine nackte Schulter. Er hob das nasse Haare von meinem Hals und senkte den Mund darauf, saugte das Wasser von meiner Haut.

Mein Körper fing Feuer.

»Erik«, hauchte ich.

»Sag meinen Namen«, murmelte er an meinem Hals.

Mit schwachen Knien fand ich kaum die Kraft, mich von ihm zu entfernen. »Das kannst du nicht tun.«

»Warum nicht?«

Ich biss mir auf die Unterlippe, bevor mir herausrutschen konnte, dass er mich nicht wirklich wollte. Was ich an zerbrechlichen Reizen besitzen mochte, genügte gerade, um seine Bestie zu erregen.

»Verleugne nicht die Anziehungskraft zwischen uns.

Wohin unsere Gefühle auch führen: Du willst es, ich will es.«

»Ich will es nicht.« Meine Brüste und meine Scham kribbelten und straften meine Worte Lügen. »Bitte, das ist nicht richtig. Ich soll doch einen Gefährten auswählen.«

»Wir haben es dir schon gesagt: *Wir* haben die Entscheidung getroffen. Du gehörst uns.«

»Was wird das Rudel dazu sagen?«

»Das Rudel ist nicht hier.« Er zuckte mit den Schultern. »Gib es zu. Du bist erleichtert. Du wolltest uns auswählen.«

»Ja, ich hätte euch ausgewählt. Aber das wollten sie nicht erlauben.«

»Haben sie dir gesagt, warum?«

Der schwarze Wolf lag immer noch mit geschlossenen Augen am Ufer. »Gunnr.« Ich senkte die Stimme. »Die Alphas waren besorgt um meine Sicherheit, wenn ich euch drei als Gefährten ausgewählt hätte. Erik – ist es wahr? Hat er Sabine angegriffen?«

»Das hat er, aber jetzt geht es ihm besser.«

Erik ergriff meine Hand und zog mich weiter in den Teich. Wir schwammen eine träge Spirale. Immer wieder zog er mich näher zu sich, und ich nützte jede Gelegenheit, mich von ihm zu entfernen. So ging der Tanz hin und her, bis er mich in seine Arme zog.

Seine Zähne knabberten an meiner Schulter, und ein Schauder drohte, mir das Rückgrat auszurenken.

»Du willst uns. Bald wirst du es zugeben«, flüsterte er.

Ich wollte schon zustimmen, als mir ein Winseln in die Ohren drang. Gunnr wartete am Ufer, die riesigen schwarzen Pfoten halb im Wasser.

»Erik.« Ich stupste den schwarzhaarigen Krieger.

Der Wikinger seufzte und zog sich zurück. »Komm mit. Wir ziehen dich an.«

4

Ein neues, pelzgefüttertes Paar Stiefel und ein schweres Kleid aus Brokat erwarteten mich auf einem sonnigen Stein.

Ehrfürchtig hob ich es hoch und betrachtete jede Einzelheit des geschneiderten Kunstwerks. »Das ist ein Kleid für eine Adelige.«

»Nur das Beste für unsere gefangene Berserker-Braut.« Erik zwinkerte mir zu.

Mein Untergewand trocknete in der Mittagssonne schnell. Erik half mir in die Gunna und band mir die Haare zurück.

»Bezaubernd«, rief Arne herüber. Er war vom Kundschaften zurückgekehrt und lehnte neben Gunnr an einem Baum. »Bereit zum Essen, kleine Blume? Gunnr hat uns ein Wildschwein zum Braten gebracht.«

Zurück in unserem Lager verschlang ich mein Essen und warf die Knochen zu Gunnr. Die Krieger warteten, bis ich satt war, dann fielen sie über den Rest her, zerlegten ihn mit bloßen Händen und rissen mit unheimlich scharfen Eckzähnen das Fleisch von den Knochen.

Ich setzte mich indes auf einen Stein und flocht aus Blumen einen Kranz. Nur mit Lederhosen bekleidet sahen Erik und Arne wie Wilde aus. Ihre Muskeln schimmerten im Schein des Feuers.

Als sie ihre Mahlzeit beendet hatten, streckten sie sich neben mir wie zufriedene Wölfe aus. Erik rülpste genüsslich. Arne grinste und übertraf ihn mit einem noch lauteren Rülpsen. Da keiner zurückstecken wollte, erfüllten sie die Nacht eine Weile mit den Geräuschen.

Ich warf den Blumenkranz nieder, und sie hörten auf, sahen mich an. »Was jetzt?«

»Wie meinst du das, Fleur?«, fragte Arne.

»Ihr habt mich dem Rudel weggenommen. Wir sind auf der Flucht. Letzten Endes wird uns das Rudel aufspüren. Wie also sieht euer Plan aus?«

»Brauchen wir denn einen?«

Ich starrte den Mohren an, als wären ihm Hörner gewachsen. »Ihr habt dem gesamten Rudel eine mögliche Braut weggeschnappt. Die Alphas werden gar keine andere Wahl haben, als euren Tod anzuordnen.«

Erik kam herüber und setzte sich neben mich. Seine Hand umkreiste mein Fußgelenk, eine simple, aber intime Geste. Sein Daumen streichelte meine Haut.

»Gibst du zu, dass du mit uns gepaart bist?«

»Ja, mit Freuden, wenn es euch das Leben rettet.«

Arne zog eine Augenbraue hoch. »Das würdest du für uns tun? Nur, um uns vor dem Zorn der Alphas zu retten?«

»Natürlich. Ich würde ihnen sagen, ich habe euch dazu überredet, mir zur Flucht zu verhelfen.«

Die Krieger wechselten Blicke.

»Das ist ein guter Plan, und wir danken dir dafür. Aber deine Geschichte wird nicht reichen, um das Rudel zu überzeugen.«

»Ich weiß nicht, was ich sonst sagen sollte.«

Eriks Daumen strich weiter über meine Haut. »Es wäre nicht gelogen zu sagen, dass wir dich geraubt haben, weil du unsere wahre Gefährtin bist.«

»Aber das bin ich nicht«, entgegnete ich.

»Bist du dir da so sicher?«, fragte Arne.

Darauf wusste ich nichts zu erwidern, sofern ich nicht mit der Vision von mir im Grab herausrücken wollte.

»Es gibt eine Möglichkeit, das Rudel davon zu überzeugen, dass du unsere Gefährtin bist und wir dazu bestimmt waren, Anspruch auf dich zu erheben.«

»Ach ja?«, fragte ich. »Und was für eine Möglichkeit wäre das?«

Arne räusperte sich. »Wir müssen an der Bindung arbeiten.«

»Bindung?«

»Aye, Mädchen. Weißt du, wie der Paarungsvorgang abläuft?«

Ich errötete. »Mein Schwestern haben mir ein paar Dinge erklärt. Und ich habe Kaninchen in der Wildnis dabei beobachtet, wie sie sich ... äh ... paaren.«

»Kaninchen.« Die Krieger schmunzelten. »Wir sind keine Kaninchen.«

»Nein, seid ihr nicht«, murmelte ich, als ihr Gelächter die wunderschönen Muskeln an ihren Brüsten und Hälsen tanzen ließ.

»Drei Dinge brauchen Werwölfe zum Paaren.« Arne zählte sie an den Fingern ab. »Paarungsbiss, Paarungslust, Paarungsbindung.«

»Ich bin keine Werwölfin.«

»Richtig, aber wie deine Schwestern besitzt du eine eigene Form von Magie.«

»*Holzmouwas* sind mit einer natürlichen Magie gesegnet.

Sie eignen sich perfekt als Bräute für Werwölfe. Sie können nämlich brünstig werden.«

»Die Paarungslust ist ein Zeichen dafür, dass du bereit dafür bist, als Paarungsgefährtin genommen zu werden.«

Ich biss mir auf die Unterlippe, als ich an die Hitze dachte, die sich durch meinen Körper ausbreitete, wenn mich die Krieger berührten. Es wurde schwerer und schwerer, ihr keine Beachtung zu schenken.

Drei leuchtende Augenpaare hefteten die Blicke auf mich, als könnten sie meine Gedanken lesen.

»Und wie bildet sich die Bindung?« Ich erschrak, als sich beide Krieger gleichzeitig erhoben und herüberkamen, um sich links und rechts von mir niederzulassen. Ich presste die Beine zusammen, unterdrückte ein leichtes Schaudern und ein entsprechendes Beben in meinem Schritt.

Erik spielte mit einer Strähne meines Haars. »Vertraust du uns, Mädchen?«

»Ich kenne euch ja kaum«, flüsterte ich.

»Das spielt keine Rolle«, murmelte Arne und fuhr den Ausschnitt meines Kleids nach. Seine Berührung verursachte mir eine Gänsehaut, allerdings nicht vor Kälte. »Möchtest du uns denn kennenlernen?«

Zu meiner Linken fuhr auch Erik mit einem Finger mein Kleid entlang, hakte ihn schließlich darunter und zog es von meiner Schulter.

»Was habt ihr vor?« Mein Herz vollführte einen Satz.

Arne legte mir eine große Hand ins Genick, wodurch meine Aufmerksamkeit zurück zu ihm schwenkte.

»Entspann dich, kleine Blüte.« Er zog mich näher zu sich und musterte mich einen Herzschlag lang, bevor er die Lippen auf meine drückte.

Gleichzeitig berührte Eriks Mund die nackte Haut meiner linken Schulter.

Wärme durchströmte mich allein durch ihre Lippen. Es dauerte nur wenige Lidschläge lang an, dennoch löste es mich förmlich auf. Überrascht und verwundert von den Empfindungen, die meinen Körper fluteten, blinzelte ich.

»Beunruhigt, Kleines?«

»Ich ... Das war ...«

Arnes Pranke massierte mein Genick. Starke Finger wirkten beruhigend auf meine empfindsame Haut ein und zwangen mich dazu, mich zu entspannen.

Eriks Hände strichen durch mein Haar, hoben es weg von meinem Ohr. »Hat dir unser Kuss gefallen?«

»Wir merken es, wenn du uns belügst«, warnte mich Arne.

»Es hat sich gut angefühlt. Äh ... also ... ihr beide ...«

»Wenn wir Anspruch auf eine Gefährtin erheben, nehmen wir sie zusammen.«

»Wie ist das möglich?« Meine Schwester hatte mir einiges davon erklärt, aber ich hatte es vergessen. Immerhin hätte ich nie gedacht, dass ich je wissen müsste, wie man zwei Männer gleichzeitig erfreut.

»Wir bringen es dir bei, wenn die Zeit reif dafür ist.«

Ein leises Seufzen entrang sich mir, ein Geräusch des Verlangens.

Kaum hatten die Krieger es gehört, leuchteten ihre Augen auf. Die Raubtiere in ihnen witterten, dass ihre Beute nah und schwach war.

Ich sprang auf, löste mich von ihnen und flüchtete ein paar Schritte zum Feuer. »Ich kann das nicht«, sagte ich.

Dann vergewisserte ich mich, dass mein Körper nicht zitterte, bevor ich mich zu ihnen umdrehte. Sie warteten mit ausdruckslosen Gesichtern. Keine Wut, keine Enttäuschung über mein Verhalten.

»Schon gut, Fleur«, ergriff Arne das Wort. »Warum ruhst du dich nicht ein wenig aus?«

»Jetzt?« Die Sonne hatte eben erst ihren Zenit überschritten, stand noch hoch am Himmel.

»Es ist heiß.« Erik zuckte mit den Schultern. »Arne hat Schutzzauber rings um das Lager angebracht. Wir sind vorerst in Sicherheit. Fühlst du dich nicht schläfrig?«

In seiner Stimme bemerkte ich einen Hauch von Belustigung.

»Doch ... Ich könnte schon schlafen.« Ich ging um das Feuer herum zum Bettzeug, achtete auf möglichst viel Abstand zwischen den Männern und mir. Zwar hatten mich die Ereignisse des Tages keineswegs erschöpft, dennoch fühlten sich meine Gliedmaßen schwach an, als wären sie noch dabei, sich zu erholen. Schlaf würde es mir ermöglichen, meine Kraft zu scharen, damit ich diesen Männern widerstehen könnte. Ich hätte nicht gedacht, dass mich mein Körper so verraten würde.

Aber als ich mich hinlegte, fand ich keine gemütliche Lage, ganz gleich, wie sehr ich mich in die Decke wickelte.

Mein Körper fühlte sich zu heiß für Kleidung an.

Meine unteren Lippen pulsierten, waren unter dem Kleid schwer und prall. Meine aufgerichteten Nippel drückten hart wie Kiesel gegen den Stoff. Was immer in meinem Körper vor sich ging, an Schlaf war nicht zu denken.

Erik beugte sich über mich und klemmte mir sein zusammengerolltes Wams als Kissen unter den Kopf. In dem Leder haftete sein Geruch.

»Falls es dir an einem so warmen Tag zu heiß ist, kannst du das schwere Kleid ruhig ausziehen, wenn du willst.«

Er zwinkerte mir zu und setzte sich.

Ich wich auf eine Seite des Bettzeugs, weil ich fürchtete,

ich könnte verbrennen, wenn ich ihn berührte. Die Hitze des Tages war harmlos im Vergleich zu dem steten, trägen Lodern in meinem Körper, das sich zwischen meinen Beinen ballte.

»Schläfst du auch hier?«

Kurz schwieg er. »Wäre dir lieber, ich würde mich in einen Wolf verwandeln?«

»Nein. Tu, was du willst.« Damit rollte ich mich auf die Seite, wandte mich von ihm ab. Ein leichter Wind hob mein Haar an und jagte mir einen Schauder über den Rücken.

Als ich zurückschaute, hockte ein brauner Wolf mit schwarzer Zeichnung auf den Hinterläufen und sah mich an.

»Erik?«

»Er denkt, du würdest ihn in seiner Wolfsgestalt so knuddeln wie Gunnr.« Arne ließ sich so neben mir nieder, das seine Hüfte gegen die meine stieß. Ich setzte mich auf, um zu protestieren, und er rutschte näher, schob mich zur Mitte des Bettzeugs, sodass sein großer Körper die Hälfte davon einnehmen konnte. Arne schlängelte einen Arm um mich und zog mich nach unten, während die Wölfe davontrabten.

»Erik und Gunnr werden die Umgebung bewachen. Ich habe ihnen gesagt, dass es an der Zeit für dich ist zu lernen, neben deinen Gefährten in Menschengestalt zu liegen. Keine Sorge, Fleur.« Er grinste. »Wir werden nur schlafen. Die Wahrheit ist nämlich, dass ich mich ausruhen muss.«

Mein Herz schlug schneller. Ich hatte davon geträumt, in den Armen dieses Kriegers zu liegen, und gleich würde es wahr werden. Mein gesamter Körper wurde lebendig. Ein Kribbeln nistete sich in der Stelle zwischen meinen Beinen ein. Meine Scham pulsierte. So hatte ich mich vorher noch nie gefühlt. Ein Teil von mir wollte weglaufen und sich verstecken. Ich wollte meinen Körper untersuchen und mich vergewissern, dass ich immer noch Fleur war, dünn, gebrechlich und jung, ohne die strahlende Schönheit, die meine Schwestern besaßen. Ein anderer Teil wollte sich in Arnes bereitwillige Arme werfen und von ihm die unterschwellige Leidenschaft erwecken lassen, die mich zu verzehren drohte.

Der Krieger lächelte, als wüsste er um meine Gefühle und darum, wie ich gegen sie ankämpfte. Ich ließ mich von ihm zurück nach unten ziehen, doch wieder drehte ich mich von ihm weg und achtete darauf, dass sich unsere Körper nicht berührten.

Kichernd zog er mich mit dem Rücken voraus an seine Vorderseite. Seine Berührung versengte meine Haut förmlich, und ich verbarg vor ihm, wie ich nach Luft schnappen musste.

»Was hast du vor?«, fragte ich, sobald ich sprechen konnte, ohne zu keuchen.

Er zog mich näher an seine nackte Brust, schlang ein Bein über meines und schlängelte den Arm fester um meine Taille. »Was ich schon tun wollte, seit ich dir zum ersten Mal begegnet bin. Jetzt sei still und schlaf. Du bist noch dabei, dich zu erholen.«

Er gab mir einen Kuss in den Nacken, an eine empfindsame Stelle, die meinen Körper beinah verflüssigte.

Ich war noch nie von einem Mann so festgehalten worden. Meine Schwestern mochten Männer haben, die sie begehrten, aber ich war nie wunderschön und begehrenswert gewesen.

Bis jetzt.

Ich wartete, bis seine Atmung gleichmäßig wurde.

»Ich habe davon geträumt so von dir gehalten zu

werden«, flüsterte ich. »Seit du zu mir gekommen bist und mich geheilt hast.«

»Ich weiß, kleine Blume.« Ich erschrak, als Arne sprach. Seine tiefe Stimme klang überhaupt nicht schläfrig. »Das waren die Nächte, in denen ich mir dich in meinen Armen vorgestellt habe.«

Meine Hand suchte die seine, die mit gespreizten Fingern über meiner Mitte ruhte. Das Verlangen in seinem Ton ließ mich verwegen werden. »Ich habe nicht gewusst, dass du mich willst.«

Er richtete sich auf und blickte stirnrunzelnd auf mich herab. »Wirklich?«

»Ich bin nicht hübsch wie meine Schwestern, und ich bin ständig krank.«

»Deine Krankheit ist in Wirklichkeit ein böser Geist, der dich angreift.«

Ich rollte mich auf den Rücken und sah ihn an. »Was?«

»Ich habe ihn beobachtet. Als Adler fliege ich hoch über der Erde und besitze dank der Macht meiner Ahnen ein wenig Hellsicht. Soweit ich das sagen kann, stammt das Böse aus einer Höhle an einem kahlen, trostlosen Ort.«

»Du siehst die Grauen auch?«

»Nicht ganz. Was du als die ›Grauen‹ siehst, ist in Wirklichkeit eine Erweiterung des Bösen dieser beiden Orte. Für die Augen der meisten sehen sie wie Menschen aus. Deine Hellsicht ermöglicht es dir, ihre verkommene Seele zu sehen.«

Hätte ich nicht rundum geborgen im Schutz von Arnes großem Körper gelegen, ich hätte nicht den Mut aufgebracht, darüber zu reden. »Was sind sie?«, fragte ich mit gedämpfter Stimme, als wäre das Böse, von dem Arne sprach, in der Nähe und lauschte.

»Sie sind weder Menschen, noch sind sie Geister. Ich

vermute, sie sind die Körper von Leuten, die für böse Zwecke geopfert wurden. Versklavte Seelen, die von einer höheren Macht kontrolliert werden, jemandem mit genug Magie, um diese Armee halbtoter Diener zu erschaffen.«

Ich schluckte. »Ein größeres böses Wesen?«

»Ja. Welche Kreatur die Grauen auch kontrolliert, sie besitzt eine Macht, die über die einer Hexe oder eines Hexers hinausgeht. Die Magie ist unreiner als alles, was mir je begegnet ist. Sie ist Totenbeschwörung.«

Kälte durchzuckte mich, obwohl ich an Arnes warmen Körper gedrückt lag. Eine Hexe konnte Macht durch Opfer erlangen: ein wenig vergossenes Menschenblut oder die Schlachtung eines Kaninchens oder eines kleinen Vogels. Je größer das getötete Opfer, desto mächtiger und dunkler die Magie. Was für ein Opfer mochte die Magie dieses Hexers erfordern?

Arne spielte mit einer Strähne meines Haars. »Meiner Vermutung nach hat dich der Diener des Hexers auf dem Markt entdeckt und wollte dich überwältigen, um dich zu seinem Schöpfer zu bringen. Der Fluch hat dich begleitet, bis ihn mein Talisman aufgelöst hat.«

Ein Fluch erklärte, warum ich mich so rasant erholen konnte.

»Aber ich habe mein Leben lang unter Fieber und Krankheit gelitten.«

»Wann hast du angefangen, die Grauen zu sehen?«

Ich war damals noch klein und spielte am Rand des Markts, auf dem meine Mutter einen Stand hatte. Als ich sie auf die schaurige Gestalt hinwies, brachte sie mich rasch zum Schweigen. Danach hatte ich gelernt, nicht mehr über die Dinge zu reden, die ich sah. Abgesehen von Muriel wusste niemand vom Ausmaß meiner Hellsicht.

Nach dem Einsetzen der Hellsicht hatten meine Fieberanfälle begonnen.

»Ja«, meinte Arne, als ich ihm davon erzählte. »Die Fieber sind mit deiner Macht erwacht. Du hast die bedrückende Gegenwart dieser Kreaturen gespürt und dagegen angekämpft, ohne es zu wissen.«

»Bis zu diesem letzten Mal haben die Grauen mich nie bemerkt. Irgendetwas muss sich geändert haben.«

»Aye, Fleur. Du.«

Arne legte sich zurück und schlängelte wieder einen Arm um meine Mitte. Diesmal packte er dabei mein Handgelenk mit beruhigend dominantem Griff. »Du hast dich verändert, seit du zu den Berserkern gekommen bist. Du bist von einem Mädchen zu einer bezaubernden jungen Frau geworden.« Ich hielt den Atem an, als sein Daumen mit der weichen Haut an der Innenseite meines Handgelenks spielte. Bemerkte er den Augenblick, in dem sich mein Herzschlag beschleunigte?

»Ich glaube nicht, dass ...«

»Nein?« Sein Mund befand sich meinem Ohr so nah, dass seine Lippen den äußeren Rand liebkosten. »Morgen werden wir dir zeigen, wie bezaubernd wir dich finden.«

»Ich habe damit nicht gemeint, dass ...« Seine Zähne knabberten an meinem Ohrläppchen, und ich hatte zu kämpfen, um die Gedanken beisammen zu halten. »Ich weiß, dass mich das Rudel als Gefährtin begehrt.«

»Mmmm.« Arnes Zunge berührte eine empfindliche Stelle an meinem Hals, und ein Schauder durchlief mich.

»Was ich sagen wollte ... Ich glaube, die Rudelmagie hat die Grauen ferngehalten.«

»Ja.« Arnes Mund löste sich von meiner Haut. »Und jetzt kümmern uns meine Kriegerbrüder und ich um deinen Schutz.«

»Aber ...«

Arne ergriff mich am Handgelenk und führte meine Hand zum Scheitelpunkt zwischen meinen Beinen. Ich schnappte nach Luft, als sich Hitze unter meiner Handfläche sammelte, ein glühendes Verlangen, das aus jedem Teil meines Körpers in meine pulsierende Mitte floss.

Worüber hatte ich noch mal gesprochen?

»Ob es dir gefällt oder nicht, wir sind deine Gefährten. Und wir werden es dir beweisen. Wir drei haben uns dir verschrieben. Vor allem anderen werden wir für deine Sicherheit sorgen, und du wirst in unserer Obhut aufblühen.«

Er bewegte meine Hand, und das sehnsüchtige Verlangen zwischen meinen Beinen ließ nach. Seine Worte prägten sich wie ein Brandmal in meine Seele.

»Schlaf jetzt.« In seiner Stimme schwang ein Befehl mit, der mir wie ein Schlafmittel die Lider beschwerte. Alphas konnten allein mit Worten über das Rudel befehlen. Der Wolf, der mich in seinen Armen hielt, hatte diese Macht über mich – ich hätte mich vor ihm und vor dem Bösen fürchten sollen, das er beschrieben hatte. Stattdessen jedoch fühlte ich mich sicher. Mit jedem verstreichenden Tag drangen diese Krieger tiefer in mein Herz vor.

Mir kam ein weiterer schläfriger Gedanke.

»Arne? Die Alphas haben gesagt, ich könnte euch nicht erwählen, weil Gunnr unbeherrscht ist. Aber du bist stark, nicht wahr? Du wirst die Kontrolle nicht verlieren.«

Er schwieg so lange, dass ich mich fragte, ob er mich gehört hatte.

»Arne?«

»Überlass uns die Sorge der Herrschaft über unsere Bestien. Konzentrier du dich darauf, gesund zu werden und uns als deine Gefährten anzunehmen.«

ICH TRÄUMTE, dass ich in einem warmen, trägen Fluss schwamm, und als ich erwachte, hatte sich das Pochen zwischen meinen Beinen verzehnfacht.

Arnes Hand hob das Haar von meinem Hals, den er zart küsste, eine Geste, die mich vor Glücksgefühlen schaudern ließ.

»Wie lange habe ich geschlafen?«

»Lange genug.«

Ich wurde wacher. Arne befand sich hinter mir, nackt bis auf einen Lendenschurz um die unteren Gefilde. Willig und entblößt lag der Krieger unmittelbar neben mir. Ich befand mich nicht in einem Traum.

Ich drehte mich dem großen Krieger zu, der sich neben mir streckte.

»Geht es dir gut, Fleur?«

»Ich habe vorher noch nie so empfunden.« Meine Stirn brannte fiebrig, doch statt Schwäche zu empfinden, vibrierte mein Körper vor Energie. »Irgendetwas stimmt nicht mit mir.«

»Alles stimmt mit dir.« Er strich mir das flachsblonde Haar aus dem Gesicht.

»Was passiert gerade?«

»Das ist deine Brunst.« Seine Augen loderten golden.

Ich legte eine Hand auf Arnes harte Brust. Ich wollte seine Muskeln nachfahren, wollte Wein über die bronzefarbene Ebene seines Oberkörpers vergießen und ihn auflecken.

»Ich will ...« Ich fuhr mir mit der Zunge über die Lippen und malte mir aus, was ich alles mit ihm anstellen würde.

»Was willst du?«

Er ergriff meine Handgelenke und zog mich rittlings auf

ihn. Mein Körper war im Vergleich zu seinem so zierlich, dass er mich mühelos in sitzender Haltung auf seinen straffen Bauch manövrierte, bevor er sich mit einem Lächeln zurücklegte.

Ich seufzte. Meine Beine ruhten zu beiden Seiten seines Körpers, wodurch meine pulsierende Scham genau auf die harten Erhebungen seiner Bauchmuskeln drückte. Das sehnsüchtige Ziehen zwischen meinen Schenkeln wuchs, und ich fing an, die Hüften zu wiegen, um die Reibung zu finden, die ich brauchte.

»Ja.« Er knurrte, als ich mich an ihm rieb.

Meine Brustwarzen verhärteten sich zu kieselartigen Spitzen.

Ich wiegte mich schneller.

»Bitte«, flehte ich ihn an, obwohl ich nicht wusste, warum.

»So ist's gut, kleine Blume. Benutz mich, wie du willst. Nimm dir dein Vergnügen.«

Ich legte die Hand auf seine breite Brust. Meine Finger zeichneten sich hell an seiner dunklen Haut ab. Seine Muskeln spannten sich an, als hätte er Mühe, still zu halten, aber es gelang ihm. Seine Hände schwebten an meinen Hüften, bereit, mich zu stützen, während er mich mit unverbindlicher Miene beobachtete.

»Arne«, hauchte ich seinen Namen. Er war so wunderschön. Gern hätte ich mich hinabgebeugt und die Lippen auf seine gedrückt, doch ich konnte nicht aufhören, mich auf ihm zu wiegen und an ihm zu reiben.

»So ist's gut.« Kleine Fältchen bildeten sich um seine Augen. Seine Länge richtete sich an meinem Hinterteil auf. Durch den Lendenschurz, den er nach einer Verwandlung immer trug, hatte ich flüchtige Eindrücke von der Größe seiner Männlichkeit erhascht. Wie würde sie sich in mir anfühlen? Etwas Derartiges hatte ich mich noch nie zuvor gefragt, nun jedoch überschlugen sich diese Gedanken in mir und entfachten Flammen, die begierig durch meine Gliedmaßen züngelten. Mir fiel nicht einmal auf, dass mein Untergewand nach oben gewandert war und meine untere Hälfte entblößt hatte, bis Arne die Hand unter mein Kleid schob und über meinen Bauch nach oben wandern ließ, um sie auf meinen Busen zu legen. Seine großen Finger liebkosten meine empfindsame Haut. Ich wölbte den Rücken durch, presste mich seiner Berührung entgegen.

Etwas in mir zerriss, und Wärme durchströmte meinen Körper, eine Flut, die sich am Scheitelpunkt zwischen meinen Schenkeln bündelte.

Während ich den Höhepunkt genoss, drangen aus meinem schlaff offenstehenden Mund ein Japsen und leise Schreie.

Arne beobachtete mich dabei aufmerksam. Sein Blick bohrte sich lodernd in mich, er wandte ihn kein einziges Mal ab. Sein Hände senkten sich auf meine Hüften und stützten mich.

Sobald ich das Gleichgewicht wiedergefunden hatte, wanderte seine rechte Hand zurück zu meinem nackten Bauch, legte sich mit gespreizten Fingern unter dem dünnen Untergewand darauf.

»Das war ...« Kurz verstummte er ehrfürchtig, dann grollte seine tiefe Stimme durch mein Innerstes. »... das Schönste, was ich je gesehen habe.«

Ich lächelte und lehnte mein Gewicht auf ihn, bis meine Hand ein wenig rutschte. Auf seiner Brust prangte Nässe, wo ihn meine unteren Lippen berührten.

Plötzlich schnappte ich nach Luft und rappelte mich auf die Beine. Ich hatte mich schamlos verhalten.

»Fleur?« Arne richtete sich auf. Besorgnis zerfurchte seine Stirn.

Ich hob eine klebrige Hand, um ihn abzuwehren, und wich von ihm weg. »Was war das? Was habe ich getan?«

»Du hast deinen Begierden nachgegeben. Das war natürlich und richtig.«

»Es war falsch. Ich hätte es nicht tun sollen.«

»Rede mit mir, Fleur«, lud mich Arne beschwichtigend ein. »Erzähl mir von deinen Ängsten.«

»Das hätte nicht passieren sollen. Das ist nicht mein Schicksal.« Ich hatte meinen Tod gesehen und mich mit ihm abgefunden. Verlieben durfte ich mich nicht. »Ich habe dich benutzt. Das tut mir leid.«

»Ganz ruhig. Du hast nichts getan, was ich nicht zuge-lassen habe. Glaubst du wirklich, ich könnte dich nicht aufhalten, wenn ich wollte?« Seine verspielte Hänselei riss eine weitere Mauer ein. Mit einem nervösen Lachen wich ich weiter zurück. Diese Männer waren gefährlicher, als mir bewusst gewesen war. Mein törichter Körper war mehr als bereit, mir schon wieder in den Rücken zu fallen.

Als ich herumwirbelte und wegrennen wollte, fingen mich tätowierte Arme ab. »Oh nein, Kleines«, sagte Erik. »Du wirst jetzt nicht so einfach vor uns flüchten.«

Meine Gegenwehr blieb vergebens. Gefangen in seinen Armen sackte ich gegen seine kraftvolle Gestalt. »Ich kann so nicht sein.«

»Warum nicht?«, fragte Arne.

»Willst du uns nicht?«

»Das spielt keine Rolle. Ich kann das nicht.« Wieder setzte ich mich zur Wehr, und Erik ließ mich runter. Statt wegzurennen, schnappte ich mir den Pelzmantel und wickelte mich darin ein. »Ich will nicht, dass ihr mich so seht.«

»Was?«, fragte Arne, während von Erik kam: »Wieso um alles in der Welt nicht?«

Meine Wangen röteten sich vor Verlegenheit darüber, es erklären zu müssen. »Weil ich hässlich bin. Ich bin zu dünn und gebrechlich.«

»Du scherzt, richtig?«, brummte Erik.

Arne hob eine Hand, gebot seinem Kriegerbruder zu schweigen. »Erklär uns das, Fleur.«

»Ich bin nicht wie meine Schwestern.« Sie alle waren auf ihre eigene Weise stark und bezaubernd. »Ich bin nicht wunderschön oder sonst irgendwie würdig, eine Berserker-Braut zu werden.« *Und ich werde dieses Jahr nicht überleben.* Den Gedanken vergrub ich tief in mir. Ich würde das niemals gegenüber diesen Männern zugeben und ihre Hoffnungen zerstören. Dafür lag mir zu viel an ihnen, ganz gleich, wie sehr ich gegen meine Gefühle ankämpfte. Es schien mir besser zu sein, sie zu vergraulen, damit sie mich verließen, bevor ich sterben würde.

»Fleur, glaubst du wirklich, dass du nicht wunderschön bist?«, fragte Arne.

»Das ist nicht zu fassen.« Erik wirkte wütend, als hätte ihn jemand beleidigt. »Wir würden unsere Leben für die Chance aufs Spiel setzen, dich zu besitzen, und ...«

»Das haben wir bereits«, warf Arne ein.

»Und du denkst, du wärst nicht würdig.«

Der schwarzhaarige Krieger näherte sich mir – zu schnell, als dass ich flüchten konnte. Raue Hände ergriffen mein Gesicht mit einer zarten Berührung. »Kann das wirklich dein Ernst sein?«

Ich wagte nicht, etwas zu erwidern.

Seine Finger streichelten meine Kieferpartie entlang.

»Deine Augen leuchten. Deine Wangen sind rosig vor Gesundheit.«

Arnes Hände legten sich über meine Hüften. »Deine Taille ist schmal, gerade breit genug, um sie mit den Händen zu umschließen.«

Erik ließ die Finger über meinen Hals und meine Schultern nach unten wandern. »Du hast eine anmutige Gestalt. Dein Körper, deine Brüste ...« Sein Blick sank tiefer. »Ich habe dich noch nicht vollständig gesehen, aber das würde ich gern.«

Meine Beine schlotterten und knickten ein. Erik fing mich auf, hielt mich in den Armen.

»Bitte, du solltest mich nicht anfassen«, protestierte ich, obwohl sich meine Eingeweide vor sehnsüchtiger Erwartung zusammenzogen.

Ein tiefes Knurren brachte mich zum Schweigen. Ich sprach nicht mehr mit Erik, dem Mann, sondern mit der wilden, ungezähmten Bestie in ihm. Arne folgte uns mit demselben wilden Ausdruck in den Augen. Meine Haut kribbelte. Konnte es sein, dass sie mich wirklich begehrten?

Sie trugen mich zurück zu dem Teich im Wald. Ein Schatten huschte zwischen den Bäumen hindurch, aber der mitternachtsschwarze Wolf zeigte sich nicht.

»Ist das Gunnr?«, fragte ich.

»Ja«, antwortete Arne. »Aber bis er ein Mann ist, wird er sich daran nicht beteiligen.«

»Woran?«, fragte ich, als Erik am Rand des Wassers stehen blieb, mich abstellte und mir den Mantel wegnahm. »Was hast du vor?«,

»Was ich von Anfang an hätte tun sollen.« Mit einer schnellen Bewegung entledigte er mich meines dünnen Untergewands. Ich verschränke ich die Arme vor dem Körper. Erik drückte sie behutsam weg.

Mein blasser Körper war vollständig entblößt. Kleine Brüste, eine schmale Taille, die sich zu den Hüften und zum

Hintern hin weitete. Ein goldener Flaum bedeckte meine unteren Lippen. Meine Beine waren schlank, aber fest und muskulös.

Ein Teil von mir war erregt. Ein Teil von mir wollte, dass sie mich betrachteten, alles an mir. Als ich auf Arne zum Höhepunkt geritten war, hatte ich mich so stark und schön gefühlt. Vielleicht könnte ich mir ausnahmsweise eine weitere Kostprobe von Ekstase genehmigen, bevor ich diese Männer wieder von mir stoßen musste.

Die Krieger starrten mich so lange an, dass ich wieder nervös wurde.

Erik hob die Hand, als wollte er mich berühren, strich mir jedoch nur eine Haarsträhne hinter die Schulter. »Das wolltest du vor uns verstecken?«

Ich nickte.

Seine Augen leuchteten golden.

»Ich würde tausend Tode nur für die Chance riskieren, dich zu halten.«

»Liegt das nicht nur an der Magie zwischen uns? An meinen Fähigkeiten, die euren Fluch besänftigen?«

»Wir wollen nicht lügen und behaupten, wir würden dich nicht deshalb wollen. Aber wir sind auch Männer. Und du bist die Frau, die wir begehren.«

»Warte, Mädchen. Wir beweisen es dir.«

Arne breitete den Pelzmantel auf einem großen, flachen Stein aus, und Erik legte mich darauf ab.

Sie reichten mir eine Schale Wasser, ein Fläschchen mit Öl und eine Klinge.

»Was ist das?«

Beide Männer kauerten sich nur mit ihren Lenden-schurzen bekleidet neben mich.

»Wir wollen dich sehen«, sagte Erik.

»Mich sehen?«

»Aye. Alles von dir.« Er zeigte hin. »Wir möchten dich zwischen den Beine nackt sehen.«

»Fleur, wir wollen, dass du dich rasierst. Und wir sehen dabei zu.«

»Was?«

»Wenn du es nicht machst, übernehme es ich«, brummte Erik und setzte dazu an, sich zu erheben. Arne hielt ihn am Arm zurück.

»Nein, nein, ich mache es selbst«, sagte ich schnell. Obwohl ich mir nicht so sicher war, ob ich es könnte, während sie so nah bei mir kauerten und die Blicke ihrer goldenen Augen meine nackte Haut förmlich verschlangen.

Ich zückte die Klinge und zwang mich, die Hand ruhig zu halten.

»Spreiz die Beine.« Ich tat es. Beide beugten sich vor.

»Weiter, Mädchen.«

Mit den Füßen flach auf dem Stein verteilte ich das Öl über meine unteren Lippen.

Mit behutsamen Bewegungen rasierte ich den blonden Flaum ab. Am Ende glänzten meine kahlen Schamlippen vor Öl.

»Leg dich zurück«, forderte mich Arne auf.

Ich zuckte zusammen, als sie sich in Bewegung setzten und zu meinen beiden Seiten niederließen. »Was habt ihr vor?«

»Schhh, ganz ruhig. Wir werden dir nicht wehtun.« Eine bronzefarbene und eine tätowierte Hand strichen hauchzart über mich und jagten mir mit dem Versprechen ihrer Berührungen eine Gänsehaut über den Körper.

»Leg die Hände über den Kopf und lass sie dort. Wenn du sie bewegst, fesseln wir dich. Hast du verstanden?«

Ich nickte.

Statt Fingern berührte mich eine Feder. Arne fuhr mein Schlüsselbein damit nach.

»Du hast immer noch die Feder, die ich dir geschenkt habe.«

»Ja, ich habe sie behalten«, hauchte ich. Sein Lächeln war mein Lohn.

Etwas kitzelte meine Seite. Erik fuhr mit einer Blume die Krümmung meiner Taille entlang und ließ sie nach oben wandern, bis sie unter meinen nackten Brüsten tänzelte.

»Schließ die Augen, Mädchen. Lass uns dich genießen.«

Die Blume und die Feder tänzelten über meine Haut. Immer wieder überzog ein Beben, das in meiner pulsierenden Mitte begann und endete, meinen gesamten Leib.

»Fass nach unten und spreiz deine Lippen«, verlangte Erik.

Ich seufzte, als meine Finger die prallen Falten auseinanderzogen. Sie fühlten sich warm und geschwollen an.

»Deine Süße fließt bei der geringsten Berührung aus dir«, brummte Arne.

»Warte, Mädchen. Koste.«

Die Blume streifte meinen Mund, verteilte meine Säfte auf meinen Lippen, bevor sie wieder zwischen meine Beine tauchte.

Jäh schlossen sich meine Knie.

»Lass die Beine geöffnet, kleine Blume, oder wir fesseln sie gespreizt.«

»Das wäre ein erfreulicher Anblick. Wir würden die Seile um ihre Glieder wickeln und die Enden an Bäume binden, ihre Arme und Beine strecken. Um sie hilflos gefesselt auf uns warten zu lassen.«

Ich schnappte nach Luft. Seine Worte schürten das Feuer, das in mir tobte. Meine inneren Muskeln zogen sich zusammen, sehnten sich nach einer Entladung, die knapp außer Reichweite blieb.

Die Feder streichelte meine Brüste, die Blume presste sich zwischen meine Beine.

Als ich dachte, ich könnte es nicht länger ertragen, entfernten sich beide.

Ich öffnete die Augen.

»Ich werde jetzt das hier in dich einführen.« Arne hielt einen zylindrischen Gegenstand aus Holz hoch, der sich an einem Ende verjüngte und vor Öl glänzte. »Es wird die Hautbarriere an deinem Eingang durchstoßen. Das wird ein bisschen wehtun, aber danach bereiten wir dir großes Vergnügen.«

Ich nickte.

»Kannst du die Beine für mich gespreizt lassen, oder möchtest du, dass Erik dir dabei hilft?«

Blinzelnd blickte ich in Eriks gutaussehendes Gesicht empor. »Bitte hilf mir.«

»Das werde ich, Mädchen.« Statt mich festzuhalten, wie ich erwartet hatte, beugte er sich über mich. Seine Lippen senkten sich auf meine, sein Bart kitzelte meinen Mund.

Arne setzte sich zwischen meine Beine, und das Stück Holz drang in mich ein. Mit einer schnellen Bewegung und einem kurzen Schmerz zerriss es etwas in mir.

Das kleine Zwicken war nichts im Vergleich zu dem lüsternen Pulsieren zwischen meinen Beinen.

»Wie war das, Fleur?«

»Mmmm«, brummte ich selig an Eriks Lippen. »Mehr.«

»Gut.« Arne schmunzelte. »Und jetzt das Vergnügen.«

Erik setzte sich wieder auf. Er nahm einen Nippel zwischen einen Finger und den Daumen und zog leicht daran.

Ich wand mich, versuchte aber nicht, ihn aufzuhalten.

»Mach das noch mal«, sagte Arne. »Das mag sie. Aus ihrer Öffnung fließt Honig.«

Bevor ich die Beine schließen konnte, ergriff der große Krieger meine Knie und schob sie noch weiter auseinander.

»Dein Körper teilt sich wie eine Blume für mich. So lieblich und bereit. Ich werde die Finger benutzen, um dir Vergnügen zu bereiten.«

»Ja bitte«, hauchte ich.

Arne spielte mit meinen rosigen Lippen. Seine geschickten Berührungen schürten die Flammen in meinem Innersten, ließen sie höher und höher züngeln.

Erik strich mit dem Daumen über meine Brustwarze, und es wurde zu viel.

Die Ekstase brach in kleinen, einlullenden Wellen über mich herein. Meine Hüften zuckten unwillkürlich.

»Ja. So ist's gut, Kleines. Nimm dir dein Vergnügen.«

Mein Höhepunkt wogte noch kribbelnd durch mich, als die Männer ihre Hände von mir entfernten. »Was war das?«

Arne grinste mich an.

»Der Anfang.«

5

Danach hatte es keinen Sinn mehr, gegen ihre Berührungen anzukämpfen. Statt mir ein Kleid zu geben, schlangen mir die Krieger den Mantel über die Schultern, und ich trug ihn im Lager, während sie mehr Fleisch brieten.

Von Zeit zu Zeit zog mich entweder Arne oder Erik zu sich und öffnete den Mantel, um meine nackte Haut zu betrachten. Ihre Blicke heizten mich zusätzlich auf, bis ich mich ihnen entgegenbeugte, sie beinah anflehte, mich zu berühren.

Als die Nacht anbrach, setzte mich Erik auf seinen Schoß und fütterte mich von Hand. Ich leckte ihm die Finger ab, während uns Arne über das Feuer hinweg beobachtete und Met trank.

»Geh zu ihm«, forderte mich Erik auf. Ich stand auf, und er zog am Mantel. »Nackt.«

Trunken von ihrer Lust und meiner ließ ich den Mantel fallen und ging langsam auf den Krieger zu, schwang dabei verführerisch die Hüften. Der Schein des Feuers flackerte auf meiner nackten Haut, schuf ein Spiel von Licht und Schatten darauf.

Als ich vor Arne stand, bot er mir den Trinkschlauch an. »Möchtest du etwas Met, kleine Blüte?«

Ich biss mir auf die Unterlippe und nickte.

Er breitete ein Fell zu seinen Füßen aus und zeigte darauf. »Dann knie dich hin.«

Ich tat es, stützte die Hände auf seine muskulösen Beine. Unwillkürlich heftete sich mein Blick auf die Ausbuchtung in seiner Lederhose.

Er setzte mir den Schlauch an den Lippen an. »Trink.«

Ich behielt die Hände auf seinen Knien und nahm auf, was er mir in den Mund kippte. Nachdem ich geschluckt hatte, leckte ich mir die Lippen. Seine breite Brust hob und senkte sich schneller.

»Ich bin dran«, sagte Erik.

Ich stand auf und ergriff den Trinkschlauch. Als ich mich umdrehte, legten sich Arnes Hände auf mein Hinterteil.

Ich lächelte, um ihn zu ermutigen.

Eriks Eckzähne schimmerten weiß im Schein des Feuers. Er zeigte auf den Boden zwischen seinen Füßen. »Gleich wie mit Arne.«

Ich kniete mich hin, hob ihm den Schlauch an die Lippen und beobachtete die Konturen an seinem Hals, während er trank und schluckte.

Dann setzte er den Schlauch mir an den Mund, und ich trank. Arne nahm sich den Schlauch für einen weiteren Schluck. Diesmal beugte er sich danach vor und küsste mich. Er schmeckte nach Met und Mann. Ich legte die Hände auf die stoppeligen Flächen seiner Kieferpartie und drückte den Mund auf seinen, während sich die Flüssigkeit in meinen Mund ergoss.

Als er sich zurückzog, ließ ich die Hände, wo sie waren. »Noch mal.«

»Was bist du doch gierig.« Er küsste mich erneut, diesmal ohne Met. Halb auf seinem Schoß schlang ich die Arme um seinen Nacken und verlor mich im Vergnügen, das mir sein Mund bereitete.

Meine Brust hob und senkte sich heftig, als sich unsere Lippen trennten.

»Mir ist heiß«, sagte ich zu ihm. Ich ergriff seine große Hand, schob sie meinen nackten Körper hinab und presste sie zwischen mein Beine. Seine Finger streichelten mich, und ich wölbte mit den Händen auf seinen Schultern den Körper durch, drückte mich seiner Berührung entgegen.

»Fleur ...« Ein gequälter Ausdruck huschte über Eriks Gesicht. Bevor er sich bewegen konnte, kletterte ich rittlings auf ihn und rieb mich an der dicken Härte seiner Männlichkeit, die sich steif und bereit unter der Hose abzeichnete. Einmal hatte ich zwei Menschen aus dem Dorf bei einem geheimen Schäferstündchen beobachtet und mich gefragt, was die leidenschaftlichen Verrenkungen ihrer Körper zu bedeuten hatten. Nun verstand ich es. Die Lust eroberte meinen Geist, und ich konnte nur noch daran denken, mich zur Befriedigung zu reiben.

Plötzlich befand sich Arne hinter mir, wickelte mich in den Pelzmantel und hob mich hoch.

»Noch nicht, kleine Blume.«

Ein Wimmern entrang sich mir. Ich wehrte mich, und er drehte mich zu sich herum.

»Ich will es«, bettelte ich. »Ich will euch.«

»Das wissen wir, kleine Fleur. Aber nicht heute Nacht, wo du beschwipst bist.«

Ich rutschte an seiner breiten Brust nach unten und

krallte an den mächtigen Muskeln. »Bitte, ich vergehe mich nach euch.«

»Fleur.« Eriks Arme schlangen sich von hinten um mich. »Sei still.«

»Nein!«, rief ich.

»Wir werden dich bald nehmen, versprochen«, flüsterte er eindringlich. »Aber erst, wenn du bereit bist.«

»Ich bin bereit. Ich will euch.«

»Du bist jung und verletzlich.«

Ich trat nach ihm, als ein Schrei aus mir herausbrach. Der Druck zwischen meinen Beinen war schier unerträglich. Er erfüllte mich mit einem Verlangen, das meinen Kopf zum Pochen brachte. Ich verwandelte mich in etwas Wildes.

Erik hob mich mühelos hoch und legte mich auf das Bettzeug. Dann drückte er mich nieder, indem er meine Handgelenke über meinem Kopf festhielt und seinen Körper auf mich senkte.

Ich kämpfte mit aller Kraft, konnte mich jedoch nicht befreien. Er wartete, bis ich zu zappeln aufhörte und unter ihm erschlaffte.

»Wirst du dich benehmen?«

Mein Kopf ruhte auf dem Boden. Der beharrliche Druck hatte sich gelegt.

»Ja. Es geht mir jetzt besser.«

Er ließ mich los, zog mich aber ähnlich wie zuvor auf seinen Schoß. Allerdings hielt er diesmal meine Handgelenke hinter mir fest.

»Du wirst uns gehorchen. Wir werden dein Verlangen befriedigen, aber erst, wenn wir alle bereit sind.«

»Verzeih mir«, flüsterte ich.

»Es gibt nichts zu verzeihen. Wir wollen dich, Fleur, zweifle nicht daran. Nur müssen wir es langsam angehen, sonst besteht die Gefahr, dass wir die Kontrolle verlieren.«

»Ich weiß. Keine Ahnung, was das war. Ich weiß nicht, was über mich gekommen ist.«

»Das war deine Brunst.« Erik ließ meine Arme los, und ich schlang sie elend um mich.

Arne kauerte sich dicht zu uns. »Schäm dich nicht. Das ist ein gutes Zeichen.«

»Mein Körper gehört mir nicht«, sagte ich an den Boden gewandt.

»Richtig. Er gehört uns, und wir werden sorgsam damit umgehen«, kam von Arne, während Erik behutsam meine Arme ausbreitete. Beide Männer legten sich hin. Ich ruhte auf der Seite zwischen ihnen. Ich drehte mich dem Mohren zu.

»Wenn wir dich nehmen, Fleur, wirst du ohne jeden Zweifel wissen, dass du uns gehörst.«

Hinter ihm kam Gunnrs schwarze Wolfsgestalt zwischen den Bäumen hervor und beobachtete uns. Bisher hatte ich jede Nacht mit ihm verbracht, seit seine Kriegerbrüder Anspruch auf mich erhoben hatten, doch die Dinge hatten sich geändert. Ich war eine neue Frau, hatte eigene Begierden entwickelt. Die Krieger hatten mich auf unsere künftige Paarung vorbereitet, mich sogar begierig darauf gemacht, und ich würde zwischen ihnen schlafen, als Frau mit ihren Liebhabern.

Für den Wolf war kein Platz mehr.

»Schlaf jetzt.« Erik zog mich näher zu sich. Arne nahm meine Hand und hielt sie an seine Brust, bevor er die Augen schloss.

Gunnr sprang davon.

Ich schlief tief und fest zwischen meinen zwei Kriegern und erwachte, als mich jemand auf seine Arme hob.

»Was ...«

»Sei still, Kleines«, flüsterte Erik. »Arne hat eine Gruppe von Berserkern gesichtet. Das Rudel ist kurz davor, uns zu finden, also müssen wir weiter.«

Das ließ mich hellwach werden. Er preschte los, trug mich eingehüllt in den Pelzmantel, und Gunnr rannte neben uns. Arne trafen wir am Ufer eines Flusses.

»Sie haben die Spur verloren«, berichtete er, »werden sie aber wohl bald wieder finden. Ich habe eine Wegstunde südlich von hier eine falsche Fährte eines Lagers gelegt.«

»Wir müssen einen anderen Platz finden, um uns niederzulassen«, meinte Erik stirnrunzelnd. »Es ist zu belastend für unsere Gefährtin, ständig auf Achse zu sein.«

Beinah hätte ich widersprochen, dass ich stark genug wäre, um mitzuhalten, doch das hätte keinen Sinn gehabt. Stattdessen fragte ich: »Wohin gehen wir?«

»Was wäre der letzte Ort, wo sie suchen würden?« Erik verlagerte mein Gewicht in seinen Armen, stellte mich aber nicht auf den Boden.

»Mitten in einer Stadt.«

»Sie halten uns für unbeherrscht«, sagte Arne. »Ohne Fleur sind wir das auch. Aber sie kann die Bestie zähmen. Mit ihr wird unsere Kontrolle jeden Tag stärker.«

Gunnr winselte.

»Wir suchen uns ein ruhiges Fleckchen am Rand eines geschäftigen Dorfs. Nah genug bei Menschen, dass sich die Berserker fernhalten«, fuhr Arne fort. »Wir übernehmen eine Behausung und verhalten uns unauffällig.«

»Das wird den Herren dieses Landes nicht gefallen«, warnte Erik.

»Wir werden nicht lang genug dort sein, um ihre

Aufmerksamkeit zu erregen. Nur so lang, dass wir die Bindung mit unserer Gefährtin vollziehen können. Danach kehren wir zum Rudel zurück.«

»Wirklich?« Ich schnappte nach Luft. »Aber die anderen werden euch umbringen!«

»Das hoffen wir nicht. Bis dahin werden wir nämlich die Gunst unserer Herzensdame errungen haben.« Arne zwinkerte mir zu. Gunnr bellte und wedelte mit dem Schwanz.

»Wir können uns nicht ewig vom Rudel fernhalten, Fleur. Wölfe sind gesellige Geschöpfe. Wir brauchen das Rudel zum Überleben.«

»Ein einsamer Wolf ist ein toter Wolf.«

»Aber ... könntet ihr nicht euer eigenes Rudel sein? Ihr drei?«

»Willst du das? Mit uns drei ständig auf der Flucht sein und deine Schwestern nie wiedersehen?«

Ich erwiderte nichts. Mein Plan für sie hatte mich nicht berücksichtigt.

Als Erik das erkannte, verfinsterten sich seine Züge. »So einfach wirst du uns nicht los, Fleur. Das gestern Nacht war erst der Anfang. Bald bringen wir zu Ende, was wir begonnen haben, und dann wirst du die Bindung zwischen uns nicht mehr leugnen können.«

Während der restlichen Reise des Tages verhielt ich mich still. Obwohl mir etwas an diesen Männern lag, konnte ich nicht bei ihnen bleiben. Ich hatte ihnen immer noch nicht von meinem bevorstehenden Tod erzählt. Es erschien mir so grausam, ihnen ihre Hoffnung zu entreißen.

Ich konnte nur beten, dass mir die Alphas zuhören und gnädig sein würden, wenn uns das Rudel einholte.

»Bedrückt dich etwas, Fleur?«

Wir marschierten neben einem reißenden Fluss. Erik watete in regelmäßigen Abständen ins Wasser und sprang von Stein zu Stein, um unsere Fährte zu verwaschen. Trotz der hoch am Himmel stehenden, heißen Sonne und seiner Geschwindigkeit war er noch nicht in Schweiß ausgebrochen. Er hielt mich hoch an seiner Brust behutsam in den Armen, auch bei den waghalsigsten Sprüngen.

»Ich mache mir nur Sorgen, dass uns das Rudel einholen könnte.«

»Hab Vertrauen in deine Gefährten.«

Er sagte es so aufrichtig, dass ich darüber nicht die Augen verdrehen konnte.

Als der Fluss eine Biegung beschrieb, setzten wir den Weg in den Wald fort, wo er mich schließlich zu Boden ließ.

»Nimm dir einen Augenblick Zeit, Mädchen. Vertritt dir die Beine, verrichte dein Geschäft. Aber geh nicht weit weg.«

Ich eilte hinter einen Busch. Als ich zurückkam, hatte Erik die Stirn in Falten gelegt und rieb sich die Schläfen. Seine Grimasse fiel von ihm ab, als ich zu ihm ging.

Ich tat so, als hätte ich nichts bemerkt, und zeigte auf einen Fleck des Himmels zwischen dem Blätterdach der Bäume. »Fliegt Arne gerade als Adler?«

»Aye. Er sagt, es wird heute Nacht regnen. Wir müssen einen Unterschlupf für dich finden. Arne hat ein paar Plätze gesichtet, an denen wir bleiben könnten. Gunnr läuft als Kundschafter in Wolfsgestalt für uns voraus.«

»Also seid ihr oft so auf Patrouille?«

»Aye. Recht oft. Wir sind daran gewöhnt, uns abseits des Rudels aufzuhalten, obwohl es uns nach einer Weile zu schaffen macht.«

Wir gingen zum Fluss, um unseren Durst zu stillen, und Erik bot mir etwas Dörrfleisch aus seinem Bündel an.

Er rieb sich weiter die Stirn, während ich zu Ende aß und mir anschließend die Hände im Fluss wusch.

»Alles in Ordnung?«, fragte ich.

»Aye. Alles bestens. Komm, wir müssen weiter.«

Während mich Erik trug, studierte ich sein Gesicht. Obwohl er schon über ein Jahrhundert auf der Welt wandelte, sah er nicht älter aus als ein fünfundzwanzigjähriger Mann. Ohne seine Größe und übernatürliche Kraft hätte man ihn für jemanden halten können, den ich aus meinem alten Dorf kannte.

»Vorsicht«, warnte er mich knurrend und riss mich aus meinem Tagtraum. »Wir haben noch eine Wegstunde vor uns, aber ich lasse dich selbst laufen, wenn du nicht aufhörst, mich anzustarren.«

»Entschuldige.« Ich drehte den Kopf und betrachtete die vorbeiziehende Landschaft, die durch Eriks Geschwindigkeit verschwamm. Als wir einen ausgetretenen Pfad erreichten, auf dem Gras zwischen Wagenfurchen wuchs, wurde er langsamer, wenngleich nicht viel. »Hast du nicht gesagt, euch dürfte ich ansehen?«

»Das hat nichts mit den Rudelregeln zu tun, Mädchen. Ich mag es, wenn du mich ansiehst, vor allem, wenn du mich *so* ansiehst. Aber ich kann nicht anhalten, um der Verlockung nachzugeben.«

»Oh.« Meine Wangen röteten sich. Mir war heiß und nur allzu bewusst, dass ich mich in seinen Armen befand. Er trug mich nicht wie einen Sack Getreide oder eine unerlässliche Last, sondern wie ein Mann, der eine Frau über die Schwelle eines Hauses trägt, das er für sie gebaut hat. Vermutlich war es von Anfang an so gewesen, obwohl ich es erst jetzt bemerkte.

Meine Finger fuhren ohne mein bewusstes Zutun die Tätowierung seitlich an seinem Hals nach. Mein weicher Körper schmolz förmlich an seinen harten Muskeln. Meine Brustwarzen richteten sich zu harten Spitzen auf.

Er stöhnte und änderte die Richtung, verließ den Pfad und rannte in den Wald. Als wir eine dichte Baumgruppe erreichten, die das Tageslicht kaum zu durchdringen vermochte, stellte er mich schwungvoll ab.

»Ist alles in Ordnung?« Ich wich den einen oder anderen Schritt zurück, während ich versuchte, mich in den Griff zu bekommen.

Ein Fehler. Eriks Kopf schwenkte mit goldenen Augen zu mir herum. Er sah aus wie das Raubtier, das er war.

»Aye«, brummte er und setzte sich in Bewegung.

»Es tut mir leid.« Ich krallte die Hände in meine Röcke. Der Stoff erwies sich als unzulänglicher Schutz gegen den eindringlichen Blick des Jägers. »Ich wollte deine Bestie nicht verlocken.«

Mit Überwindung gelang es mir, mich nicht von der Stelle zu rühren. Erik überbrückte den Abstand zwischen uns. Seine Hände legten sich auf meine Hüften und zogen mich an seinen Körper. Unwillkürlich schlang ich die Arme um ihn.

»Spielt keine Rolle. Du bist immer eine Verlockung für mich.« Ich hielt still, als er den Kopf neigte und die Nase in meinem Haar vergrub. »Du riechst so gut.«

»Sollten wir nicht weiter?«, flüsterte ich ihm zu.

»Meine Kriegerbrüder stoßen hier zu uns. Bis dahin weiß ich etwas, wie wir uns die Zeit vertreiben können.«

Ich schluckte.

Langsam schob er mich von sich. »Wir erreichen bald eine abgeschiedene Behausung, die Arne und Gunnr für uns gefunden haben, in der Nähe eines Dorfs voller Menschen.«

»Das ist gut«, meinte ich.

»Bevor wir dort hingehen, musst du die Regeln kennen.«

»Regeln? Dafür, bei euch zu sein?«

»Ja, und dafür, unsere Gefährtin zu sein.«

»Na schön.« Ich würde nie ihre Gefährtin sein. Irgendwie musste ich einen Weg finden, es ihnen mitzuteilen.

Erik hob mein Haar an und legte die Hand an meinen Hals, konnte ihn mit dem Daumen und den Fingern beinah umschließen.

»Erste Regel: Wir erwarten vollkommenen, uneingeschränkten Gehorsam von dir.«

Ich wollte wegzucken, aber seine Hand an meinem Hals hielt mich fest.

»Wir unterstehen alle jemandem. Mitglieder des Rudels leben in einer Rangordnung. Die Schwächeren fügen sich den Stärkeren, die sie im Gegenzug beschützen. Das gilt für alle, vom Alpha bis hin zur verletzlichen, schwangeren Gefährtin. Verstehst du das?«

»Ja.«

»Gut. Solange du bei uns bist, unterwirfst du dich unseren Regeln und Gesetzen. Als Gefährtin wird von dir erwartet, dass du uns immer gehorchst. Wir werden für dich kämpfen und sterben. Im Gegenzug folgst du unserer Führung, damit wir für deine Sicherheit sorgen können. Ich weiß, das kann hart sein.« Er senkte die Stimme zu einem sinnlichen Gurren. »Aber wenn du tust, was wir sagen, kannst du dich darauf verlassen, dass dir die Belohnung gefallen wird.«

Ich biss mir auf die Unterlippe, um mir eine Erwiderung zu verkneifen. Es würde nicht wehtun, mich an ihre Regeln zu halten. Einen Vorgeschmack davon hatte ich ja durch das Leben beim Rudel schon bekommen.

»Was sagst du, Fleur? Wirst du unseren Befehlen gehorchen?«, fragte Erik. Sein Daumen strich über meine Schlagader.

»Ja«, willigte ich ein.

»Gut.« Plötzlich ließ er mich los. »Lass uns das überprüfen.«

Ich zog die Augenbrauen hoch.

Sein Kopf zuckte nach rechts. »Siehst du den umgestürzten Baumstamm dort?«

»Ja.« Der große Baum musste vor einiger Zeit umgestürzt sein. Die Äste hielten ihn ein kleines Stück vom Boden.

»Geh hin, beug dich darüber und heb dein Kleid an.«

Mein Mund klappte auf.

»Tu es.«

Zu meiner Verärgerung setzten sich meine Füße in Bewegung und trugen mich hinüber, kaum dass er den Befehl erteilt hatte. Mein Körper war bereit und erpicht, meinen gutaussehenden Berserker zu erfreuen, obwohl mein Mund in trotzigem Ton fragte: »Warum?«

Er verschränkte die Arme vor der Brust. »Wenn du es wissen müsstest, würde ich es dir sagen. Fragen zu stellen, vergeudet kostbare Zeit.« Bei seinem finsteren Blick schlug mein Herz schneller, und nicht vor Angst. Was geschah nur mit mir?

Mit an den Seiten zu Fäusten geballten Händen hielt ich auf halbem Weg zwischen ihm und dem Baumstamm inne. Schließlich setzte ich den Weg fort und beugte mich darüber.

»Und das Kleid«, erinnerte er mich. Bei der Aufforderung wurden gleichzeitig meine Knie schwach, und mein Rückgrat versteifte sich.

Mit lodernden Wangen und angespanntem Bauch hob ich die Röcke, entblößte meine Beine und meinen Hintern. Die demütigende Position ließ mich mit den Zähnen knirschen, aber ich konnte das Kribbeln der Erregung nicht leugnen, das sich den Weg über meine Beine bahnte.

Im Nu befand sich Erik neben mir. Ich erschrak, ließ das Kleid aber nicht sinken.

»Braves Mädchen«, brummte er, und durch mich kräuselte sich bei dem Lob ein Anflug von Wärme. Sein harter Körper bewegte sich dicht zu mir, seine Hüfte lehnte sich an den Baumstamm, als er mit einer Hand über meinen Hintern strich. Bei der zarten Berührung durchlief mich ein Schauder.

»Jetzt bekommst du deine Belohnung dafür, dass du gehorcht hast. Schon bald wirst du gelernt haben, es zu lieben.«

Es gefiel mir ganz und gar nicht, vornübergebeugt dem großen Krieger ausgeliefert zu sein, dennoch wölbte sich mein Rücken durch, und ich drückte den Hintern seiner Berührung entgegen.

Er schmunzelte. »Oh ja, du willst das. Dein Geist hasst die Unterwerfung, aber dein Körper liebt sie. Leg die Hände auf den Baumstamm.« Ich tat es. Erik hielt mit einer Hand meine Röcke hoch, mit der anderen streichelte er meinen empfindlichen Po. Ich bohrte die Fingernägel in die Rinde.

»So gefällst du mir. Vornübergebeugt, hilflos meiner Berührung ausgeliefert. Ich könnte dir zwanzigmal täglich befehlen, diese Haltung einzunehmen, und hätte doch nicht genug davon.« Seine Hand wanderte zwischen meine Beine. Ich spannte den Körper an und richtete mich auf die Zehenspitzen auf, um seiner kitzelnden Berührung zu entgehen.

»Nein, nein«, sagte er und legte die Hand beruhigend wieder auf meinen Hintern. »Entspann dich, kleine Blume. Ich werde dich anfassen, wann und wie ich will.«

Ich senkte mich wieder auf die Sohlen.

»Braves Mädchen«, lobte er mich erneut. »Jetzt nimm

eine breitere Fußhaltung ein und halt still. Ich will sehen, ob du brünstig bist.«

Ich gehorchte und legte den Oberkörper auf den Baumstamm, da ich mich nicht aufrecht halten konnte, als er mich betastete.

»So feucht.« Sein Finger tauchte zwischen meine Falten. Ich presste die Augen zu, um mich ganz auf das Gefühl zu konzentrieren.

»Gefällt dir das, Fleur?« Als er einen langen Finger in mich schob, rückten meine Knie ein wenig zusammen.

Er klatschte mir auf die rechte Hinterbacke. Mir entfuhr ein spitzer Aufschrei, und ich richtete mich auf.

»So nicht.« Mit den Fingern, die meine Röcke hielten, drückte er mich wieder nach unten. Seine feste Hand legte sich auf meinen Po und knetete ihn.

»Wofür war das?«, fragte ich, als ich die Stimme wiederfand. Der Schlag brannte nur ein bisschen, dennoch war er hart genug gewesen, um einen knallroten Abdruck zu hinterlassen, davon war ich überzeugt.

»Bestrafung.« In seiner Stimme schwang ein Grinsen mit. »Lass die Beine für deinen Herrn gespreizt.«

Ich verkniff mir ein Grummeln und legte mich wieder auf den Baumstamm. Sein Finger tauchte wieder in mich. Meine Knie zitterten, schlossen sich aber nicht.

Er schmunzelte. »Anscheinend sind Schläge auf den Hintern nicht wirklich eine Bestrafung für dich.«

»Wie meinst du das?«

»Komm her.« Mit einem Arm um meine Mitte hob er mich an. Er drehte mich herum und sorgte dafür, dass ich mich an ihm festklammerte, als seine Finger eine angenehme Stelle streiften und Funken durch mich tänzeln ließen. Zitternd hielt ich den Atem an und wartete auf mehr, aber er zog die Hand zurück. »Du bist klatschnass. Dir gefällt es vielleicht nicht, dich mir zu unterwerfen, aber dein Körper sehnt sich danach.«

Ich zuckte weg. »Tut er nicht.«

Er schlug mir dreimal in rascher Folge auf den Hintern.

»Hör auf damit«, zischte ich, wich weg und rieb mir den kribbelnden Po. Die Schläge taten zwar nicht wirklich weh, dennoch gefielen sie mir nicht.

Oder doch?

Erik lachte grölend und gab mich frei.

»Was ist denn los, Bruder?« Muskelbepackte Arme schlangen sich um mich und zogen mich von Erik weg. Arnes Kichern fuhr mir ins Haar.

»Nur eine klitzekleine Bestrafung.« Erik grinste. »Sieh nach, Bruder. Ich glaube, es gefällt ihr.«

»Tut es nicht«, protestierte ich lauter.

Arnes Finger schoben sich zwischen meine Beine und rieben mich. Ich krümmte mich weg von dem herrlichen Gefühl. »Du kannst uns vielleicht belügen, Fleur, aber dein Körper nicht.« Er zeigte mir seine klebrig-nassen Finger.

Ich drehte den Kopf weg und rümpfte die Nase.

Arne ließ mich los und lachte ebenfalls. Er steckte sich einen Finger in den Mund und nuckelte daran, sah mir dabei in die Augen.

»Sie ist nicht brünstig, noch nicht ganz.«

»Wir werden sehen, was wir dagegen unternehmen können.« Arnes Grinsen wirkte verrucht.

Ein kurzes Bellen ertönte.

»Gunnr ist hier, um uns zu dem Unterschlupf zu führen, den wir für uns gefunden haben. Komm mit, Fleur.« Arne ergriff meine Hand. Meine Hintern und meine Scham pulsierten, als ich neben ihm einher trottete. Ich bemühte mich, nicht darauf zu achten. Aber als Arne an einer Gabelung des Wegs innehielt, um die Richtung mit Erik zu besprechen, zog ich den Rock hoch und untersuchte meinen Hintern. Die blassen Backen erwiesen sich als unversehrt.

»Enttäuscht, Mädchen?«

Ich wollte das Kleid runterziehen, was mir jedoch nicht gelang, bevor Erik eine Hand auf die rechte Backe legte und sie drückte.

»Nächstes Mal, kleine Blume, binden wir dich fest und versohlen dich, bis du rot bist. Und wenn du protestierst, knebeln wir dich und nehmen eine Gerte.« Sein Ton klang verspielt, sein Gesichtsausdruck jedoch wirkte andächtig, während seine Finger über meine glatte Haut strichen.

Ich schob seine Hand weg und zog das Kleid nach unten. Ich musste die Situation – und meine Reaktionen – in den Griff bekommen. »Das würdest du nicht wagen.«

»Würde ich wohl. Und ich denke, es würde dir gefallen.«

»Ich kann deine Säfte bis hierher riechen«, merkte Arne an. Beide Krieger ragten über mir auf. So groß und breit wie sie waren, könnten sie mich mühelos überwältigen. Meine Nippel verhärteten sich. Wohlige Schauder liefen mir über die Haut, aber die beiden ergriffen mich nur jeweils an einem Ellbogen und geleiteten mich zu dem Ort, an dem wir die Nacht verbringen würden.

6

Die Hütte stand am Rand eines leeren Felds. Die Bretter waren geschwärzt, als hätten sie gebrannt. Meine Schritte verlangsamten sich, aber die Krieger schoben mich weiter.

»Die Hütte ist robuster, als sie aussieht.«

Ich verzog das Gesicht. »Da drin schlafe ich nicht. Ihr müsst einen saubereren Platz finden.«

»Du stellst viele Forderungen für jemanden, der vorhin Gehorsam gelobt hat.«

»Vielleicht sollten wir schon mal eine Gerte aussuchen, nur um gewappnet zu sein«, murmelte Arne.

»Komm, Mädchen. Vertrau deinen Gefährten.«

Ihr seid nicht meine Gefährten, wäre mir beinah herausgerutscht, aber ich konnte mich noch rechtzeitig bremsen. Nach dem entschlossenen Ausdruck in seinem Gesicht zu urteilen, erriet Erik meine Gedanken.

Als wir uns dem Verschlag näherten, kam Gunnr in Wolfsgestalt durch die Tür heraus und bellte.

»Gunnr sagt, es ist besser, als im Regen zu schlafen. Er

hat den ganzen Nachmittag einen schön fetten Hasen für dein Abendessen gejagt.«

Als ich beim Eintreten zögerte, hob mich Erik in seine Arme und trug mich über die Schwelle. Drinnen sah es nicht schlimm aus, wie ich befürchtet hatte. Die Wandbretter schienen tatsächlich recht robust zu sein, wenngleich sie feucht waren und nach altem Rauch rochen.

Erik stellte mich in der Nähe der gemauerten Feuerstelle ab. »So. Arne zündet ein Feuer an, dann wird es so heimelig, wie man es sich nur wünschen kann.«

Mit den Bemühungen zweier Männer gleichzeitig brannte das Feuer im Nu, und das Fleisch briet. Ich half dabei, das Bettzeug auszubreiten. Mit Eriks Erlaubnis brach ich mit Gunnr auf, um ein paar Kräuter zu suchen, die den Geschmack der Mahlzeit verbessern würden.

»Es ist nicht so, dass ich euch nicht als Gefährten haben will«, erklärte ich ihm, während ich mit einer Hand in seinem dunklen Fell marschierte. »Ich bin bloß nicht wie meine Schwestern. Ich bin ungeeignet als irgendjemandes Gefährtin.«

Der Wolf winselte unglücklich.

Arne kam mir an der Tür entgegen, als ich zurückkehrte. »Warum lässt du nicht uns beurteilen, ob du geeignet bist oder nicht?«

Zu spät fiel mir ein, dass die Kriegerbrüder über Gedankenverbindungen miteinander sprechen konnten. Das gesamte Rudel konnte sich auf diese Weise verständigen, aber die Bindung dieser drei war noch enger, und alles, was ich zu einem sagte, würden auch die anderen erfahren.

»Komm.« Arne legte mir einen Arm um die Schultern. »Erik will Met zu unserer Mahlzeit. Wir sollen uns im Dorf umsehen, ob dort ein vernünftiges Gebräu zu bekommen ist.«

»Ist es für uns sicher, ins Dorf zu gehen?«

»Ja.« Er hatte einen teuer aussehenden Mantel aus einem der Bündel ausgeschüttelt und zog ihn über sein Lederwams und seine Hose an. Damit sah er beinah wie ein reicher Händler aus, außer wenn der Mantel zur Seite wehte und den Blick auf die Axt und das Schwert an seinem Gürtel preisgab.

»Was ist mit dem Berserker-Rudel?«

»Ich habe eine Spur gelegt, die es weiter nach Norden führen wird. Das verschafft uns ein wenig Zeit. Lang genug für dich, um uns kennenzulernen.«

»Die Dorfbewohner mögen vielleicht keine Fremden.«

»In der Nähe ist ein großer Markt, sie sind an Reisende gewöhnt. Bleib dicht bei mir und tu, was ich sage.«

Auf dem Markt ernteten wir seltsame Blicke, wobei mir genauso viele galten wie Arne. Vermutlich wirkte ich mit dem flachsblonden Haar, das über den Pelzmantel fiel, dem feinen Kleid und den dicken, pelzgefütterten Stiefeln genauso fremdartig wie der Mohr. Ich sah wie eine Kriegerbraut aus, gut gekleidet und doch wild. Viele Männer drehten im Vorbeigehen die Köpfe nach mir um. Arne starrte sie nur allzu bereitwillig vernichtend an, bis sie schnell wieder wegschauten.

Mit einem Geschick, das ich Arne nicht zugetraut hätte, feilschte er um Met, Dörrobst und Getreide. Die Verkäufer schienen überrascht von der Menge an Gold zu sein, die er bei sich trug, zeigten sich aber durchwegs respektvoll. So höflich sich Arne gab, er überragte sie alle um mindestens einen halben Kopf.

Der gutaussehende Krieger trug unsere Einkäufe und schritt die Stände entlang, während ich neben ihm ging. Ein Aufblitzen von Metall fiel mir ins Auge, und ich ließ mich von den Waren eines Schmuckhändlers ablenken, wodurch ich beinah mit einem Dorfbewohner zusammenstieß.

»Pass doch auf, wo du hinläufst«, spie mir der Mann entgegen.

Ein Schatten fiel über ihn, und als er aufschaute, schlug seine Verärgerung jäh in blankes Grauen um. Arnes scharf aussehende Eckzähne zeichneten sich ab. Der über dem Dorfbewohner aufragende Berserker knurrte.

Der Mann stolperte in seiner Hast, von uns wegzukommen, über die eigenen Füße.

Ich seufzte.

»Was hast du dir angesehen?«

Ich zeigte hin, und er führte mich mit einer Hand auf meinem Rücken zu dem Stand. »Such dir etwas aus«, ermutigte er mich.

Ich biss mir auf die Unterlippe und betrachtete die Broschen. Die Verkäuferin war eine vollbusige Frau mit sinnlichen Lippen. Lächelnd und mit stolz geschwellter Brust zeigte sie nichts von der Angst vor dem Berserker, die bei seinem Anblick über die meisten Dorfbewohner zu kommen schien.

»Möchtest du dir die hier ansehen?« Sie beugte sich vor und zog die Ellbogen ein, als sie sich streckte, wodurch ihre Brüste nur noch deutlicher zur Geltung kamen.

»Nein«, antwortete ich ein wenig zu scharf. Arne runzelte die Stirn, winkte aber höflich ab und führte mich weg.

»Hat es dort nichts gegeben, was dir gefallen hat?«

»Ein bisschen zu protzig für meinen Geschmack«, log ich.

»Für meinen auch«, murmelte Arne.

Ich errötete.

»Auf diesem Markt gibt es nichts, was mich interessiert«,

fügte der Berserker hinzu. »Das Bezauberndste weit und breit besitze ich bereits.«

Ich schüttelte den Kopf.

Er trat vor mich hin und ergriff mein Kinn, hielt mich fest. »Bist du anderer Meinung?«

Mir stockte der Atem. Ich wagte nicht zu sprechen, weil ich fürchtete, sonst in Tränen auszubrechen.

»Du hast deine Lektion am Fluss nicht gelernt«, warf er mir vor. »Aber das ist schon in Ordnung. Wir haben noch viele Jahre, um sie dir beizubringen.«

»Ich will ...« Mein Kehle fühlte sich wie zugeschnürt an. *Ich will euch nicht enttäuschen. Ich bin schwach und reizlos, ungeeignet als Berserker-Braut.*

Sein Blick wurde milder, als hätte er meine Gedanken gehört. »Du bist die Gefährtin, für die wir uns entschieden haben. Wir haben deinen Mut von Anfang an erkannt.«

»Ich bin ... nicht stark.«

»Und ob du das bist. Du bist mächtig, Fleur. Du bist die Einzige, die diesen Fluch von uns nehmen und Gunnr befreien kann.«

Ich setzte dazu an, den Mund zu öffnen, und er legte mir einen Finger auf die Lippen.

»Kämpf nicht dagegen an. Ich weiß, du hast Angst, aber deine Gefährten sind an deiner Seite und führen dich.« Er schlang mir einen Arm um die Schultern und hielt mich vertraulich fest, schirmte mich vom regen Treiben des Marktes um uns herum ab. »Wenn ich dich anblicke, sehe ich eine fest verschlossene Knospe.« Er zeigte mir seine Faust. »Es ist an der Zeit zu erblühen, Kleines. Es ist an der Zeit, eine Blume zu werden.« Als er die Faust öffnete, lag auf seiner Handfläche eine Feder. Nachdem er mein Kinn damit gestreichelt hatte, klemmte er sie mir hinters Ohr.

»Hier«, murmelte er. »Das ist der einzige Schmuck, den du brauchst.«

Er richtete sich auf und legte mir eine Hand auf den Rücken, um mich vorwärtszuschieben und zurück zu unserem Unterschlupf zu führen. Nach zwei Schritten hielt ich jäh inne.

Ein Grauer versperrte uns den Weg.

»Arne ...« Ich zog an seinem Arm.

»Ich sehe ihn.« Der verkniffene Ton des Kriegers verriet mir, dass er die Bedrohung genauso deutlich erkannte wie ich. »Hinter uns sind auch welche. Sie sind aufgetaucht, nachdem ich um den Met gehandelt hatte.«

»Ich habe noch nie mehr als einen gleichzeitig gesehen.« Aber tatsächlich, als ich nachsah, schlichen zwei der dürren Gestalten hinter uns her.

»Wir sind in einem dicht bevölkerten Gebiet. Vielleicht verrichten sie hier Arbeit für ihren Herrn.«

Arne führte mich mit einem Arm um meine Schultern weg. Wir huschten hinter einen Stand und überquerten ein Feld in Richtung des Walds. An dessen Rand trat Gunnr zwischen den Bäumen hervor.

»Ich will, dass du zu ihm gehst. Wenn ich es dir sage, rennst du los und bleibst nicht stehen. Greif in sein Fell und folge ihm.«

»Was ist mit dir?«

»Mach dir um mich keine Gedanken.« Er zog mit einer Hand sein Schwert, während er mich mit der anderen stützte. »Mach dich bereit. Lauf ...«

Als ich die Röcke anhob, jagte mir ein seltsamer Wind einen kribbelnden Schauder über den Rücken, und ich wirbelte herum.

»Arne!«

Der Berserker stand den Grauen zugewandt da, die sich

weiter schleichend vorwärtsbewegten, die Blicke auf mich geheftet. Arnes linke Hand hielt das Schwert locker an der Seite. Die Rechte hatte er ausgestreckt, um den Feind mit irgendwelcher Magie aufzuhalten.

Gunnr kam angerannt. Er zog die Lippen zurück und entblößte verheerende Zähne, als er den Grauen entgegen-knurrte.

»Wir müssen zurück und Arne helfen«, sagte ich zu ihm. »Wir können ihn nicht zurücklassen.«

Der schwarze Wolf bewegte sich zwischen mich und Arne und schob mich kraftvoll auf den Wald zu. Ich hatte keine Chance, Widerstand zu leisten.

Plötzlich ertönte ein magisches Dröhnen, und ich landete auf dem Gesicht.

Arme schlossen sich um mich, und ich schrie auf, aber es war nur Erik, der mich hochhob.

»Arne. Er ist da hinten und ...«

»Still«, fiel mir Erik ins Wort. Mit dem Bart wirkte sein Stirnrunzeln bedrohlicher.

Ich hütete die Zunge, bis er mich letztlich in der Hütte abstellte.

»Wo sind deine Kriegerbrüder?«

»In Sicherheit. Was man von dir nicht behaupten kann, wenn du geblieben wärst.« Mit loderndem Blick kam Erik auf mich zu. »Was hast du dir nur gedacht, Mädchen? Wenn Arne dir sagt, du sollst rennen – dann rennst du.«

Ich stand auf. »Von wegen. Ich habe es satt, wie ein Schwächling oder ein Kind behandelt zu werden. Ich kann mich den Grauen stellen. Das habe ich früher auch getan.«

»Und wurdest mit Krankheit geschlagen, wieder und wieder.«

»Ich wollte ihn nicht einfach zurücklassen.«

»Wenn du meine Gefährtin wärst ...« Er sprach nicht

weiter und stapfte zur Feuerstelle, wo er wuchtig gegen einen Holzstapel trat. Die Scheite spritzten in alle Richtungen davon. Mit einer Hand über dem Gesicht lehnte er sich an die Feuerstelle.

Mein Mut sank, doch ich wusste nicht, warum. Er hatte angedeutet, dass ich noch nicht ihre Gefährtin war. Entsprach das nicht dem, was ich wollte?

Arne stürmte herein. »Fleur.« Sein Zügen waren ausdruckslos, nur in den Augen blitzte Wut. »Wenn ich einen Befehl erteile, gehorchst du. Es ist eine Sache, herumzualbern, aber eine völlig andere, dein Leben in Gefahr zu bringen.«

»Ich wollte dich nicht zurücklassen.« Ich verschränkte die Arme vor der Brust, riss mich zusammen, um dem großen Krieger die Stirn zu bieten. »Was immer diese Grauen sind, sie sind hinter mir her, und *nur* hinter mir. Ich will nicht, dass du für mich das Leben aufs Spiel setzt.« Dass ich diese Männer nie haben würde, bedeutete nicht, dass ich es ertragen konnte, sie zu verlieren.

»Du hattest keine Wahl«, entgegnete er mit knurrendem Unterton. »Du wirst dich nie wieder so unbesonnen verhalten. Ich werde nicht dulden, dass dich irgendjemand in Gefahr bringt – auch du selbst nicht.«

»Es ist mein Leben.« Ich hatte meinen eigenen Tod gesehen und mich damit abgefunden. Ihren mit ansehen zu müssen, würde mich zerstören. »Das setze ich so aufs Spiel, wie ich will.«

»Jetzt nicht mehr. Du gehörst uns.«

»Ich werde euch nie gehören.«

Arne ragte über mir auf. Wut loderte in seinem Gesicht. Ich wich nicht zurück. Ich musste meine Berserker von mir vertreiben, musste sie zur Einsicht bringen: Was wir hatten, war dem Untergang geweiht.

Gunnr bellte, und Arne trat angesichts des scharfen Tons zurück.

Erik drehte sich an seinem Platz an der Feuerstelle um. »Das können wir nicht tun. Wir haben nicht genug Kontrolle.«

»Sie muss lernen«, presste Arne hervor. »Wir müssen ihr beibringen, sich an die Regeln zu halten.«

»Aye. Aber es gibt viele Möglichkeiten, sie zu bestrafen.«

»Heute Nacht«, kündigte Arne an.

Die Dämmerung setzte bereits ein, als ich nach draußen ging, damit sich die Krieger beruhigen konnten. Die Enttäuschung der Männer lag mir wie ein Stein im Magen, als ich mich mit einem Arm um den Hals des Wolfs auf einen Baumstumpf setzte.

»Ich weiß, es war falsch von mir, aber ich konnte ihn nicht zurücklassen. All die Jahre, und ich war immer die Einzige, die diese grauen Männer gesehen hat. Ich bin daran gewöhnt, ihre böse Macht aufzunehmen und die Folgen zu ertragen. Womöglich ist das sogar das Einzige, wozu ich tauge.«

Gunnr leckte mir das Gesicht. Ich schlang die Arme um ihn und vergrub das Gesicht an seinem überraschend seidigen, weichen Fell. So warteten wir, während der orangefarbene Feuerball hinter der Baumlinie versank.

Meine Handlungen nagten an mir. Diese Krieger hatten nichts anderes getan, als ihr Wohlergehen aufs Spiel zu setzen, um mich zu beschützen und zu lieben. Ihnen lag etwas an mir. Sie stellten mein Leben über ihr eigenes.

Vielleich verdienten sie meine Unterwerfung. Erik hatte von Gehorsam gesprochen, und das wurmte mich, aber wann immer ich entschied, mich ihren Regeln zu beugen, empfand ich inneren Frieden. War das ein weiteres Anzeichen auf meine wahre Natur? Auf die *Holzmouwa*-Magie, die auch meine lodernden Begierden verursachte?

Gunnr winselte, und ich lockerte den Griff um sein Fell.

»Was immer ich tue, ob ich trotzig bin oder mich füge, es wird meine Entscheidung sein. Aber ich habe es satt, gegen meine wahre Natur anzukämpfen. Ich habe schon genug Feinde.« Ich biss mir auf die Unterlippe. Vielleicht konnte ich mich ja der Führung der Krieger unterordnen, zumindest für eine kurze Weile.

»Fleur«, rief Arne vom Eingang der Hütte.

Ich erhob mich, um mich dem zu stellen, was meine Krieger geplant hatten. Unterwerfung würde mir nicht leichtfallen, aber wenn ich darauf vertraute, dass sie für mich sorgen würden, dann konnte ich mich beugen. Tief in meinem Inneren wusste ich, dass sie mich nie wirklich verletzen würden. Die strengen Regeln gehörten mit dazu, wie sie sich um mich kümmerten. Außerdem besänftigte Gehorsam ihre Bestie. Wenn es ihrer Heilung half, konnte ich eine kleine Bestrafung über mich ergehen lassen. Das schuldete ich ihnen.

Drinnen nahm ich meinen Platz auf einem kleinen Hocker ein, den sie für mich aus einem Teil eines umgestürzten Baumstamms angefertigt hatten.

Statt über mir zu stehen, kauerten sich die Krieger nah zu mir. Besorgnis hatte sämtliche Spuren von Wut weggewaschen.

Erik ergriff meine Hand. »Du musst etwas verstehen: Du bist für uns alles.«

Ich schluckte schwer. Tränen brannten in meinen Augen.

»Wir haben so lange auf dich gewartet. Wir dürfen dich nicht verlieren. Das wäre unser Untergang.«

Arne stimmte seinem Kriegerbruder mit einem Nicken stumm zu.

»Also bewachen wir dich sehr sorgfältig. Du darfst nie ohne einen von uns irgendwohin gehen, verstehst du?«

»Ich verstehe«, sagte ich mit heiserer Stimme. Die Hoffnung und Sorge in ihren Gesichtern trieben mir beinah Tränen in die Augen.

»Du gehörst ebenso sehr uns, wie wir dir gehören. Das haben wir schon in dem Moment gewusst, als wir dir zum ersten Mal begegnet sind.« Arne breitete seinen Mantel um meine Schultern aus, hüllte mich in seinen Geruch.

»Es gibt nichts, was wir nicht für dich tun würden. Wir werden diese Insel von den grauen Männern befreien, damit du wieder gefahrlos überallhin gehen kannst.«

»Wirst du uns bis dahin gehorchen? Hilf uns, dich zu beschützen. Wir sind nicht stark genug, um dich verlieren zu können.«

Gunnr presste sich an meine Seite.

»Ja. Ich verstehe. Verzeiht mir.«

»Dir ist verziehen.«

Arne stand auf und wirkte erleichtert.

»Gebratenes Kaninchen zum Abendessen«, sagte Erik zu mir und legte mir kurz die Hand aufs Knie, bevor er sich aufrichtete und zur Feuerstelle ging.

»Wartet.« Auch ich erhob mich verwirrt. »Wollt ihr mich nicht bestrafen?«

Arne befand sich in der Ecke und entkorkte den Met. »Es gibt da eine Bestrafung, die uns eingefallen ist«, sagte er, »aber es könnte zu früh dafür sein.«

»Ich will es.«

»Wirklich?« Erik zog eine Braue hoch.

Ich seufzte. Ich musste wahnsinnig sein, aber ich hatte mir Besserung gelobt. »Ich werde hinnehmen, was immer ihr mir gebt. Ich bin stark genug.«

»Das wissen wir. Aber wir möchten unsere Bindung mit dir fördern und sie nicht zerbrechen. Dazu gehört, behutsam mit dir umzugehen.«

»Ich weiß, dass ihr mich nicht verletzen werdet.« Ich hob das Kinn, obwohl mein Magen zappelte wie ein gestrandeter Fisch. »Befehlt über mich.«

Die Krieger wechselten einen Blick.

»Na schön«, gelangte Arne zu einer Entscheidung. »Runter mit der Kleidung.«

Rasch zog ich mich aus und bemühte mich, nicht darüber nachzudenken. Immerhin war ich schon vorher auf ihren Befehl hin nackt gewesen.

Diesmal war es anders. Als mein Kleid und mein Untergewand auf dem Bettzeug lagen, zitterte ich, und nicht vor Kälte.

»Braves Mädchen. Auf einmal so bereitwillig und gehorsam. Wieso das?«

»Ich will euch erfreuen.«

Ihr Lächeln wärmte mich mehr als das Feuer.

»Komm her, Mädchen.« Erik streckte die Hand aus, lud mich ein, mich auf seinen Schoß zu setzen. »Sogar im Kampf hat Arne an den Met gedacht.«

Wir saßen da und aßen, als wäre es ein gewöhnlicher Abend. Allmählich gewöhnte ich mich daran, in Gegenwart der Krieger nackt zu sein und sie den Anblick meines Körpers mehr genießen zu sehen als das Essen.

Als der Met floss, begannen die Berührungen, indem sie zunächst zart meine Brüste streichelten.

Erik fütterte mich mit einem köstlichen Stück Fleisch

und ließ einen Finger in meinem Mund, damit ich ihn sauber leckte.

Irgendwann beugte sich Arne herüber und legte unbekümmert eine Hand auf meinen Busen. Sein Daumen strich über meinen Nippel, bis er sich hart und rosig vom Körper aufrichtete.

Dabei hörte der Krieger nicht auf, vom Markt zu reden, von der Anzahl der Stände und der Güte der Waren. Der Gegensatz, den ihre bekleideten Körper und mein nackter bildeten, ließ mein Herz schneller schlagen. Sie könnten jeden Moment entscheiden, mich zu nehmen, mich auf das Bettzeug zu legen und mich herrlichster Folter zu unterziehen, bis ich kommen würde. Bis dahin diente ich ihnen als Spielzeug, mit dem sie sich vergnügten, ein hübscher Gegenstand zum Zeitvertreib, während sie am Feuer saßen und tranken.

Feucht zwischen den Beinen verrenkte ich mich auf Eriks Schoß, hilflos gegen die beiläufigen, fordernden Berührungen.

Auf ein unausgesprochenes Zeichen hin stellten die Männer ihre Getränke ab.

»Es ist so weit.« Erik half mir auf wackelige Beine. Arne hob mich hoch und trug mich zum Bettzeug, legte mich darauf ab. Mit einem begierigen Ausdruck im Gesicht drückte er mich mit seinem harten Körper zu Boden und küsste mich.

»Der Bestie gefällt es nicht, dass du unseren Anspruch auf dich verleugnest, aber das ist in Ordnung. Dein Körper teilt uns ja mit, wie du in Wirklichkeit empfindest. Wir werden deinem Körper beibringen, uns zu akzeptieren, dein Geist wird danach folgen.«

Mir war egal, was er tat, solange er mich nur wieder küsste. Kleine Fältchen bildeten sich um seine Augen, als er ein wissendes Lächeln aufsetzte, bevor er meinen Mund erneut eroberte, die Lippen fest und zugleich weich, fordernd. Als er mich zu Ende geküsst hatte, ergriff ich den Rand seines Wamses und wollte es ihm ausziehen, um die nackte Haut an ihn zu pressen.

»Noch nicht, kleine Blume.« Er knurrte, fasste nach unten und packte mein Handgelenk.

Ich setzte eine Schmollmiene auf, und er senkte die Hüften auf meine, rieb sich an mir. Seine harte Länge strich dabei unmittelbar über meine bereitwillige Pforte. Ich wimmerte.

Er lachte. »Da ist sie. Unsere kleine Wölfin, bereit, für ihre Gefährten brünstig zu werden.« Zu meiner Verärgerung setzte er sich wieder auf. »Erik hat etwas für dich.«

Der schwarzhaarige Krieger beugte sich über mich und fütterte mich mit Erdbeeren. Ich fing seine Hand ab und leckte den Saft von seinen Fingern.

»So willig«, merkte er an. »Sie wird ihre wahre Natur nicht mehr lange verleugnen können.«

»Lass mich mal«, sagte Arne. Er ergriff eine Beere und rollte sie über meine Lippen. Meine Zunge schnellte vor, und er träufelte etwas Saft darauf, färbte sie rot. Weiteren Beerensaft verteilte er über mein Kinn und meine nackte Brust. Er zog damit eine Linie geradewegs hinunter zu meiner Scham.

Dann richtete er sich wieder auf und küsste mich, schmeckte die Erdbeere direkt aus meinem Mund, bevor er sich küssend einen Weg meinen Körper hinab bahnte. Dabei ließ er sich Zeit und nuckelte genüsslich an den Stellen, die der Beerensaft gefärbt hatte. Als er tiefer tauchte, spreizte er meine Beine.

»Was hast du vor?«, fragte ich.

Der Schein des Feuers schimmerte auf dem kahlen Kopf des Kriegers.

»Dich schmecken.« Als seine Zähne an den Innenseiten meiner Schenkel knabberten, riss ich mit einem Ruck die Beine zusammen. Seine Hände schlossen sich um meine Fußgelenke und zogen sie wieder auseinander. Erik hielt indes meine Handgelenke über meinem Kopf fest.

Arnes Kopf senkte sich erneut. Seine Zunge strich über meine unteren Lippen, an denen er saugte, als hätte er die süßeste, reifste Erdbeere aller Zeiten gefunden.

»Oh Göttin ...«, hauchte ich.

»So?« Erik schmunzelte.

»Mehr.«

»Mit Forderungen kommst du nicht weit, Mädchen.«

Meine Hüften wiegten sich, als Arnes Zunge tiefer vorstieß, auf und ab über meine Falten leckte und immer wieder gegen die ekstatischsten Stellen stieß. Ich erzitterte im eisernen Griff des Kriegers. Dadurch, dass ich mich nicht bewegen konnte, wurden die Empfindungen zwanzigfach verstärkt.

Als die Lust in mir anschwoll, spannte sich mein Körper vor Verlangen an. Arne leckte mich an den Rand des Höhepunkts. Als ich kurz davorstand, ihn zu erreichen, hörte er auf. Dann setzte er sich auf und wischte sich über den Mund.

»Was?« Ich hob den Kopf von der Decke.

Auch Erik ließ mich los. Beide Krieger schwiegen und musterten mich.

»Warum habt ihr aufgehört?«

»Das ist deine Bestrafung. Wir lehnen dich eine weitere Nacht ab.«

»Nein!«, schrie ich und schlug auf den Boden.

»Komm, kleine Blume.« Erik zog sein Wams aus und legte sich neben mich. »Zeit zum Schlafen.«

Mein verlangender Körper beendete meine Pläne, mich zu unterwerfen. Arne streckte sich auf meiner anderen Seite aus, und ich drehte mich zu ihm herum.

»Ich will, dass du es beendest.«

Er zuckte mit den Schultern und schloss die Augen. Ein Lächeln spielte um seine Lippen.

»Das ist nicht richtig!«, rief ich. Das Verlangen zerriss mich förmlich, verwandelte mich in ein heulendes Monster.

»Es ist auch nicht richtig, unnötig dein Leben aufs Spiel zu setzen, wenn dich deine Gefährten beschützen können.«

»Die Entscheidung liegt bei dir, Fleur«, brummte Arnes tiefe Stimme neben mir. »Entweder gehörst du uns oder nicht.«

Ich biss mir auf die Unterlippe, bis sie beinah blutete, um zu verhindern, dass ich eingestand, was sie von mir hören wollten. Sie konnten mich berühren und meinem Körper Reaktionen entlocken, aber ich würde mich nicht beugen. Es war zu ihrem Besten.

Außerdem brauchte ich keinen Mann, um mich zu beglücken. Kaum sah Erik schlafend aus, schob ich die eigene Hand zwischen die Beine.

Ohne die Augen zu öffnen, fing der tätowierte Krieger sie ab. »Oh nein, Mädchen. Du wirst dich nicht anfassen.«

Alles an seinem Körper wirkte entspannt, abgesehen von seinem Griff um mein Handgelenk.

Arne schmiegte sich an meinen Rücken. »Vergnügen empfängst du nur durch unsere Hände – oder gar nicht.«

Ein Knurren entrang sich mir.

»Was soll das?« Arne zog meinen Kopf an den Haaren zurück. »Ist unsere Wölfin etwa aufbrausend?«

»Du wirst gehorchen«, sagte Erik.

»Ich hasse euch«, flüsterte ich.

Arnes große Hand legte sich über meine Mitte und zog mich näher.

»Du wirst lernen. Das ist deine Ausbildung.«

»Ich ...« Ich knirschte mit den Zähnen, bevor ich die Worte herausbrachte. Wenn ich ihnen gab, was sie wollten, würden sie umgekehrt vielleicht dasselbe tun. »Ich werde nicht noch einmal ungehorsam sein.«

»Wissen wir.«

Erik hob meine Hände an seine Lippen und küsste sie. »Falls doch, wird es uns ein Vergnügen sein, dich zu bestrafen.«

»Jetzt schlaf, Fleur.«

Die Atmung des Kriegers wurde gleichmäßig, aber Arnes dickes Glied war immer noch steinhart und presste gegen mein Hinterteil.

Wenn ich leiden musste, dann sollten sie mein Los ruhig teilen. Ich wand mich an ihm.

Der Arm an meiner Taille schlängelte sich um mich wie ein Eisenband und hielt mich fester. »Genug damit.«

»Sei brav, Fleur, dann belohnen wir dich morgen.«

Seufzend zwang ich mich dazu, mich zu entspannen. Das Pulsieren zwischen meinen Beinen war unerträglich und beharrlich. Eine wahre Bestrafung.

Ich würde keine Ruhe finden.

Arnes Griff verhinderte, dass ich mich bewegen konnte, aber nach einer Weile wurde er lockerer. Der große Krieger musste erschöpft von seinen Anstrengungen gegen die Grauen sein.

Ich fühlte mich deswegen ein bisschen schuldig. Es wäre klug von mir, diese Berserker hinter mir zu lassen und mich meinem Schicksal allein zu stellen.

Mit diesem unglücklichen Gedanken schloss ich die Augen und stellte mich schlafend.

DAS FEUER KNISTERTE UND KNACKTE. Ich hob den Kopf. Die Krieger zu meinen beiden Seiten lagen still. Gunnr musste draußen Wache halten.

Ich stand auf. Mein Kleid war verschwunden, irgendwo versteckt, aber ich fand mein Untergewand. Ich zog es an. Meine Scham erwachte und pulsierte voll Bereitschaft. Erik hatte mir Befriedigung versprochen. Aber diese Männer durften mich nicht kontrollieren. Ich würde mich mitten in der Nacht davonstehlen und mir ein Plätzchen suchen, wo ich mich selbst zum Höhepunkt bringen konnte.

Natürlich würde meine Bestrafung bei meiner Rückkehr morgen zehnmal schlimmer ausfallen, doch der Gedanke erregte mich nur zusätzlich.

Ich erreichte die Tür, bevor mich eine Stimme bremste.

»Wo willst du denn hin, Fleur?« Beide Krieger hatten die Augen geöffnet. Sie schimmerten golden in der Düsternis der Hütte.

»Es wird dir nicht gefallen, wenn du uns zwingst, dich zu jagen. Wir werden dich kriegen, und es wird Folgen geben.«

Erregung durchzuckte mich. »Wenn ihr meinen Körper nicht befriedigt, dann finde ich jemanden, der es tut«, zischte ich. Sehnsucht brandete vermischt mit Wut durch mich und verlieh mir Flügel.

Ich rannte in die Nacht. Der leichte Regen fühlte sich kühl auf meiner Haut an, half jedoch nicht dabei, die Hitze in mir zu dämpfen.

Mein gesamter Körper pulsierte. Schneller und

schneller rannte ich den Weg entlang, hinein in den Nebel, bis mein Untergewand völlig durchnässt war. Keuchend und lachend drehte ich mich im Kreis. Ich musste wahnsinnig sein. Die Grauen trieben sich hier draußen herum. Ich sollte mich wirklich nicht so aufführen. Aber ich war nicht mehr die siechende, stille, kränkliche Fleur. In mir steckte ein wildes und lustvolles Wesen, halb Göttin, halb Tier, ganz Frau, und der Ruf des Mondes lullte dieses Wesen ein.

Hinter mir ertönte ein Geräusch. Ein heulender Wolf. Ich erstarrte. Mein gesamter Körper spannte sich an, während ich dem wehmütigen Laut lauschte.

Eine zweite und eine dritte Stimme gesellten sich dazu.

Meine Gefährten sangen zu mir.

Meine Haut kribbelte unter der schaurigen Musik, als ich zurücktrabte. Als ich das offene Feld erreichte, sang nur noch ein Wolf. Gunnr.

Er war nicht derjenige, nach dem ich suchte. Ich drehte ab und kam schlitternd zum Stehen. Hinter mir ertönte ein Knurren. Ich wendete und rannte in die andere Richtung, bevor ich abermals jäh anhielt, als ein weiteres Knurren fast unmittelbar hinter meinen Füßen folgte.

Erregung lief mir kribbelnd über die Haut. Das wollte ich, danach hatte der wilde Teil von mir gesucht. Die Hetz- jagd. Ein Spiel – ich floh, und sie verfolgten mich. Meine Gefährten mussten beweisen, dass sie stark genug waren, um mich bei einer Jagd zu erwischen. Mein Blut vibrierte, mein Körper war bereit für den uralten Ritus.

Langsam wich ich zurück. Gunnr war verschwunden, aber zwei Schatten näherten sich mir.

Ich wirbelte herum und rannte los.

Was schnell vorbei war. Der Schatten traf mich, und mir wurde die Luft aus der Lunge gepresst, als ich hochgehoben und wuchtig über die Schulter eines Kriegers gehievt wurde.

Ich kratzte mit den Nägeln über seinen muskulösen Rücken, er schlug mir auf den Hintern.

»So nicht.« Arne.

Ein weiterer Schatten schloss sich uns an. »Das war eine kurze Jagd. Was hast du jetzt vor?«

»Sie draußen im Regen fesseln«, gab Arne knurrend zurück.

»Sie wird sich eine Erkältung holen.«

In der Hütte stellte mich Arne schwungvoll ab. Die zwei Krieger rückten dicht zu mir.

»Offensichtlich hat die Lektion nicht gefruchtet.« Arne runzelte die Stirn. »Es ist an der Zeit, es noch mal zu versuchen.«

»Lass sie erst aufwärmen.«

Arne schürte das Feuer und wärmte etwas Brühe, während Erik mich auszog und meine Haut rieb.

»Wenn du unsere Gefährtin sein willst, musst du gehorchen.«

Ich bleckte ihm die Zähne entgegen. Welche Wildheit mich auch befallen haben mochte, ich befand mich nach wie vor in ihren Klauen.

»Ihre Brunst macht sie so wild wie unsere Bestie«, merkte Arne an.

»So klein und stur.«

»Zum Glück gibt es Wege und Mittel, sie gefügig zu machen.« Auf der anderen Seite der Hütte hielt Arne ein Seil hoch.

»Keine Sorge, Fleur. Deine Gefährten werden dir geben, was du brauchst.«

∾

Als das Fleisch gar wurde, war ich in demütigender
Haltung gefesselt. Arne verschnürte zuerst mein Arme,
indem er mir den Unterarm an den Oberarm band.

»Damit du dich nicht wehren kannst«, erklärte er mir
und fing meine linke Faust ab, als ich ihn zu schlagen
versuchte. Er nahm sich kurzerhand meinen linken Arm vor
und ließ mich von Gunnr mit zwei Pfoten auf meinem
Rücken niederdrücken, während er meine Beine fesselte,
die Waden an die Oberschenkel, bis alle meine Gliedmaßen
verkürzt waren.

»Fertig ist unser süßes Haustierchen.«

Ich bleckte ihm die Zähne entgegen.

»Essenszeit.« Sie stellten eine Schale vor mich hin. In
der Brühe trieb Fleisch, und mir lief das Wasser im Mund
zusammen. Die heulende Wölfin in mir war hungrig, der
Rest von mir jedoch zögerte.

Alle drei Krieger warteten darauf, dass ich den Kopf
zum Essen neigte, als wäre ich wirklich ihr Haustier.

»Das könnt ihr nicht ernst meinen.«

»Wenn du dich wie eine Wölfin aufführen willst,
kommen wir dir gern entgegen. Nichts wird uns davon
abhalten, uns um dich zu kümmern, als wärst du unsresglei-
chen. Du bist hungrig.« Arne deutete auf die Schale. »Iss.«

»Ich will nicht.« Mein Magen grummelte protestierend.
»Ich kann nicht.« Ich senkte den Kopf, um auszuloten, wie
weit ich ihn neigen konnte. Wie sich herausstellte, würde
ich den gesamten Körper absenken müssen, um das Gesicht
in die Schale zu bekommen.

»Armes Mädchen.« Erik erbarmte sich meiner und hob
mir die Schale an die Lippen. Begierig trank ich.

Arne streichelte meine Hüfte. »Siehst du, wie wir uns
um deine Bedürfnisse kümmern? In Krankheit und in
Gesundheit, wenn dich die Wildheit überkommt oder wenn

du brav bist. Wir bewältigen alles, was du bist. Du wirst in unserer Obhut aufblühen.«

Meine Mahlzeit endete rasch. Erik wischte mir den Mund ab. Arnes Finger kreisten weiter über meine untere Hälfte. Ich wartete darauf, dass sie geheimere Stellen erkundeten, doch das taten sie nicht.

Die beiden Krieger gingen vorübergehend, der schwarze Wolf nahm ihren Platz ein.

Gunnr stupste mich, und ich rollte mich auf die Seite. Er schien begeistert von meinem derzeitigen Zustand zu sein. Wie er befand ich mich auf allen vieren.

Arne legte für ihn Fleisch auf den Boden, und der Wolf trabte schwanzwedelnd davon.

Ich lag auf dem Rücken. Als die Krieger zurückkehrten, spreizte ich die Beine zu einer unverhohlenen Einladung.

»So bereit für uns.« Arne setzte sich neben mich. Sie hatten auf dem Boden eine Decke für mich ausgebreitet, wiederum so, als wäre ich ihr Haustier. Zumindest dafür war ich dankbar. »Keine Streitlust mehr?«

Große Hände reizten meine Scham. Mein Rücken wölbte sich durch, als ich mich der Berührung entgegenpresste.

»So unartig. Wenn du nächstes Mal wegrennst, fesseln wir dich so und schlagen deine Scham, bis du kommst.«

Er lachte über meinen entsetzten Gesichtsausdruck. »Hältst du das nicht für möglich? Ich kann dir sagen, es gibt mehr Freuden, die uns dein Körper bereiten kann, als du dir je vorstellen könntest.«

»Weil wir gerade davon reden, Bruder«, meldete sich Erik zu Wort. »Es wäre an der Zeit, mit der Ausbildung ihres kleinen Hinterns anzufangen.«

Sie hievten mich wieder auf alle viere. Ich verrenkte mir den Hals, so gut es ging, um zu sehen, was sie vorhatten.

Nachdem sie mir reichlich Öl zwischen die Pobacken geschmiert hatten, betastete Erik mein hinteres Loch.

Ich stieß eine spitzen Schrei aus und zuckte vorwärts.

»Oh nein, das tust du nicht.«

Arne fing mich ab und hielt mich fest, während mir Erik auf den Hintern klatschte, bis er wackelte.

»Halt still. Wir belohnen dich bald.« Arnes Finger schlossen sich mit dieser beruhigenden, dominanten Geste um meinen Hals, die mich zu Wachs in seinen Händen werden ließ.

Ich ruhte in den Armen des bronzefarbenen Kriegers, während Erik mit meinem Hintern spielte, den Eingang meines dunkelsten Lochs kitzelnd umkreiste und hineindrängte, bis ich mit den Zähnen knirschte.

Seine andere Hand hob sich und spielte mit meiner Liebespforte, wodurch sich mein Wimmern in ein Stöhnen verwandelte.

»Gut so. Entspann dich und lass uns deinen Hintern für uns vorbereiten. Eines Tages wirst du unsere Schwänze im Körper aufnehmen. Wir werden zusammen Anspruch auf dich erheben.«

Arnes düsteres Versprechen ließ mich schaudern.

Eriks eingeölter Finger schob sich im selben Moment in meine Grotte, in der ein anderer in meinen engen Hintereingang drang. So hielt er mich fest und kniff mein erregtes Gewebe, bis die Innenwände aneinander rieben. Überwältigt von tiefen Lustgefühlen keuchte ich. Meine gefesselten Gliedmaßen bebten.

Mein Orgasmus schwappte über mir zusammen. Meine beiden Löcher zuckten und öffneten sich wie Münder zu stummem Geheul.

»So ist's gut, Mädchen«, lobte mich Erik. Er wusch sich

die Hände, während mich Arne losband und meine Glieder rieb, um das Blut wieder zum Fließen zu bringen.

Von den Fesseln befreit kehrte meine Stimme zurück. »Werdet ihr es mit mir treiben?«

»Bald.« Er küsste mich. »Sehr bald.«

Ein sehnsüchtiger Schmerz schraubte sich durch mich, doch es war ein angenehmer. Ich war damit zufrieden zu warten. Diese Männer hatten mehrfach bewiesen, dass sie mir letztlich geben würden, was ich brauchte.

»So süß und gefügig.« Arne streichelte mein Haar. »Du erfreut und verlockst uns, ganz gleich, in welcher Stimmung du bist.«

»Es ist spät«, meinte Erik gähnend. »Noch später als beim ersten Mal, als wir uns zur Nachtruhe hingelegt haben. Zeit zum Schlafen, kleine Wölfin.«

»Aber vorher haben wir noch etwas für dich.« Arne ging davon, kramte in seinem Bündel und kehrte mit einem schmalen Wendelring aus Silber zurück, ein bisschen größer als die Armreifen, die viele Berserker trugen, um ihre Zugehörigkeit zum Rudel anzuzeigen. Er verbog ihn und weitete die Öffnung.

»Knie nieder, Fleur, und heb die Haare an.«

Nach einem Moment des Zögerns tat ich es. Er brachte den Silberreif um meinen Hals an und schloss die Lücke. Seine Finger fuhren das Metall nach, überprüften den Sitz.

Dann half er mir auf die Beine und wirkte sehr erfreut.

»Das kennzeichnet dich als unser.«

»Sei gewarnt, Fleur: Du wirst noch mehr als nur den Wendelring als Beweis dafür tragen, dass du uns gehörst.«

Die Krieger zogen mich auf das Bettzeug und nahmen wieder ihre Plätze zu meinen Seiten ein.

Bevor ich den Kopf hinlegte, hielt ich Ausschau nach

Gunnr, aber der mitternachtsschwarze Wolf war
verschwunden.

Ich träumte von einem großen Mann mit schwarzem Haar
und goldenen Augen. Er rannte vor mir weg, blieb knapp
innerhalb von Schatten, die ich nicht zu betreten wagte.
Schließlich rief ich seinen Namen. »Gunnr!« Er aber
bedachte mich nur mit einem traurigen Blick, drehte sich
um und verschwand.

Als ich erwachte, starrte ich an die Decke der Hütte, so
lange mich die Krieger liegen ließen. Vergangene Nacht war
ein Wendepunkt gewesen. Ich hatte mich unterworfen. Nun
trug ich ihren Wendelring. Die Bestie in mir, was immer sie
sein mochte, wollte nichts lieber, als ihre Gefährten zu
verführen und von ihnen beherrscht zu werden.

Die vernünftigere Fleur wusste, dass dieser kurze
Ausflug nur allzu bald enden würde.

Letzten Endes würde uns das Rudel einholen, und
meine Krieger würden sterben. Oder die Grauen würden
uns umzingeln, und wir würden alle das Leben lassen.

»So ernst, Mädchen?« Erik beugte sich über mich.
»Beginn den Morgen nicht mit gerunzelter Stirn. Arne und
Gunnr kehren bald zurück. In der Zwischenzeit habe ich
ein kleines Geschenk für dich.«

Er zeigte mir ein geschnitztes Stück Holz, das dem
Pflock ähnelte, mit dem sie mir die Jungfräulichkeit
genommen hatten, nur wies dieses Stück die Form einer
Knolle mit einem schmalen Stiel auf, der mit einem flachen
Kreis endete.

»Wofür ist das?«

»Wirst du früh genug erfahren. Komm jetzt, Mädchen. Kopf runter, Hintern hoch, und spreiz die Backen für mich.«

»Was?« Ich erbleichte.

»Hast du nicht versprochen zu gehorchen?«

Seufzend ging ich in Position. Mit der Wange auf dem Bettzeug fasste ich nach hinten, konnte mich jedoch nicht dazu überwinden, die Tat zu vollbringen.

»Immer noch schüchtern in der Gegenwart deiner Gefährten? Vielleicht brauchst du ja einen Ansporn.« Zwei Finger glitten meine unteren Lippen entlang. »Tu, was ich sage, und es gibt mehr davon für dich.«

Meine Scham fing bereits zu triefen an. Resignierend ergriff ich mit jeder Hand eine weiche Backe und zeigte Erik meine hintere Öffnung.

»Braves Mädchen.«

Er säuberte mich behutsam, tupfte mit einem nassen Tuch meine intimsten Stellen ab, danach trug er ein wenig Öl auf.

»Also«, sagte er. »Ich schiebe dir jetzt diesen Stöpsel in den Hintern und bringe dich zum Kommen.«

»Nein ...« Ich ließ die Arme sinken, aber er hatte bereits einen eingeölten Finger in meinem Po versenkt. Es kitzelte und brannte, als er die verbotene Stelle dehnte. Gefühlte Stunden spielte er so an mir. Mein Körper wurde von seinen verruchten Zuwendungen feucht und erregt. Lust und Scham vermengten sich tief in meinem Bauch.

Schließlich hatten mich seine Finger ausreichend vorgedehnt, um den Stöpsel einzusetzen.

»Braves Mädchen. Du kannst dich aufsetzen.«

Mit geröteten Zügen richtete ich mich auf. Unwillkürlich streckte ich die Hand nach dem Stück Holz in meinem Hintern aus, und Erik gab einen tadelnden Laut von sich.

»Oh nein. Sei ein braves Mädchen und behalte ihn drin, dann gibt es eine Belohnung.«

Meine Hintereingang fühlte sich so ausgefüllt an, als würde ich von einem riesigen Keil gespalten. Es würde mir unmöglich sein, zu gehen, zu sitzen oder auch nur zu stehen, ohne den Stöpsel zu bemerken.

»Sobald sich dein Körper daran gewöhnt hat, können wir einen Größeren für dich anfertigen«, merkte Erik an.

Meine Augenbrauen schossen hoch, aber ich erwiderte nichts, bis er zum Feuer gegangen war, um Frühstück aufzutischen.

»Ich hasse das«, murmelte ich bei mir.

Zu spät fiel mir ein, dass Wölfe ein hervorragendes Gehör besaßen.

»Ach ja?«, Erik kehrte mit der Schale voll Essen zurück. Statt sie mir zu geben, setzte er sich und zog an meiner Hand, also nahm ich wieder auf seinem Schoß Platz. Den Hintern ließ ich dabei so nieder, dass ich den Stöpsel nicht noch tiefer in mich trieb. »Dein Körper sagt etwas anderes. Sogar jetzt ist er nass und bereit.«

Ich krümmte mich.

»Eines Tages werden wir drei dich zusammen nehmen, einer in jede Öffnung. Hier.« Er berührte meinen Mund. »Hier.« Er reichte mir die Schale und legte die Hand in meinen feuchten Schritt. »Und hier.« Seine Finger wanderten nach hinten und tippten auf den Stöpsel. »Im Augenblick können wir nur an uns halten, um dich nicht niederzuwerfen und hart zu rammeln.«

Ein Arm stützte mich um die Mitte, die andere Hand jedoch ruhte auf meiner heißen, feuchten Scham, während ich aß.

»Warum wartet ihr?«, fragte ich zwischen zwei Bissen.

»Wir wollen dich bereit haben. Bald wird Gunnr wieder

ein Mann sein, dann können wir drei zusammen Anspruch auf dich erheben.«

Blinzelnd dachte ich an meinen Traum zurück.

»Er hat Angst davor, sich zu verwandeln. Was, wenn die Bestie ihn überwältigt?«

Erik seufzte. »Wir tun, was wir können, um das zu verhindern.«

Langsam kaute ich. Erik fragte nicht, woher ich von Gunnrs innerem Kampf wusste. Mein Traum musste ein Bestandteil der wachsenden Verbindung gewesen sein.

»Da ist wieder dieser verkniffene Ausdruck. Was denkst du gerade, Fleur?«

»Ich bin nicht sicher, ob ich euch so sehr helfen kann, wie ihr glaubt«, sagte ich.

»Lass uns das beurteilen. Wir glauben, dass die Magie zwischen uns funktioniert. Bisher hast du auf alles angesprochen, was wir versucht haben.«

Ich schaute finster drein.

»Du behauptest zwar, es gefällt dir nicht, aber das tut es. Sogar gestern Nacht, als wir dich verschnürt und wie unser kleines Haustier behandelt haben, hat es dir gefallen.«

»Das war nicht ich. Die Brunst bringt meinen Verstand durcheinander und macht mich zu ... zu etwas, das ich nicht bin. Eure Bestie steckt mich an.«

»Die Bestie ist ein Teil von uns, Fleur. Unsere wilden Begierden gehören ebenso zu uns wie unsere Freundlichkeit oder Vernunft. Aber zusammen helfen wir uns gegenseitig, im Gleichgewicht zu bleiben. Vielleicht ist eine wahre Gefährtin nötig, um unsere Dunkelheit zu sehen und zu akzeptieren. Sobald jemand unsere Gesamtheit liebt, können wir sein, wer wir wirklich sind.«

Ich hatte zu Ende gegessen, während er geredet hatte. Wieder wartete ich, bis er sich auf der anderen Seite der

Hütte befand und das Feuer löschte, bevor ich die Wahrheit
flüsterte.

»Ich mag diesen Teil von mir trotzdem nicht.«

»Das ist der Grund, warum du uns nicht als Gefährten
akzeptieren kannst. Du musst erst dich selbst akzeptieren.«
Erik stand auf und rieb sich die Hände. »Zum Glück hast du
gleich drei Berserker, die dir sagen, wie perfekt du bist.«

Nachdem er mir die Haare geflochten hatte, holte er
mein Kleid hervor und half mir hinein, dann kniete er sich
hin, um mir die Stiefel zu schnüren. Den Feinschliff bildete
der Pelzmantel.

Erik trat einen Schritt zurück und begutachtete mich.
»Glaubst du immer noch, dass du nicht wunderschön bist?«

Ich zuckte mit den Schultern.

»Komm mit.«

Draußen unter einem klaren Himmel führte er mich zu
einem kleinen Teich auf einem offenen Feld. »Schau.«

Ich beugte mich in der Erwartung über das Wasser, eine
verschwommene Gestalt vor einem wolkigen Hintergrund
zu sehen. Stattdessen starrte mich mein eigenes Gesicht an,
rein und in satten Farben. Meine rosigen Wangen wirkten
rundum gesund unter dem hellen Haar. Mit dem Pelzmantel und dem feinen Kleid sah ich tatsächlich wie eine
Barbarenkönigin aus. Schön und wild, überhaupt nicht
schwach oder verletzlich.

»Was für eine Magie ist das?«

»Meine Magie«, ertönte eine weibliche Stimme.

7

Eine blonde Frau, die Haare zu einem Kranz geflochten, näherte sich mit einem Stab in der Hand, umkreist von einem Raben.

Erik trat zwischen sie und mich.

»Yseult«, begrüße er sie. Ich spähte an ihm vorbei, wollte die Hexe sehen, die dem Rudel verraten hatte, wo meine Schwestern und ich zu finden waren, damit uns die Alphas zu Bräuten für die Berserker machen konnten. Die Hexe erwies sich als groß und wunderschön, wenngleich mit einem kalten, unnahbaren Auftreten. Der Rabe landete auf ihrem Stab und betrachtete mich mit schiefgelegtem Kopf. In dem schnabeligen Gesicht lag mehr Ausdruck als in dem von Yseult, beinah so, als könnte sie eine menschliche Miene nur nachahmen, weil sie keine natürlichen eigenen Gefühle besaß.

»Das also ist Fleur. Die stärkste Schwester. Ich bin lange davon abgehalten worden, sie kennenzulernen.«

Bevor ich mich zurückhalten konnte, ergriff ich das Wort. »Die Stärkste?«

»Denkst du, nur weil du die Jüngste bist, wärst du die Geringste?«

»Fleur«, warnte Erik.

»Nein, aber weil ich so oft krank bin.«

Sie nickte. »Magie hat immer einen Preis. Je größer die Macht, desto höher der Preis.« Ihr Kopf schwenkte mit einer vogelähnlichen Bewegung zu Erik herum. »Ihr möchtest also, dass ich sie ausbilde?«

»Wir möchten mit dir um einige Antworten handeln«, erwiderte Erik langsam und vorsichtig. »Solange der Preis zumutbar ist.«

»Und wenn mein Preis *sie* ist?« Yseult deutete mit dem Kopf auf mich.

Hoch am Himmel kreischte ein Adler.

Erik knurrte. »Sie kannst du nicht haben.«

»Nein? Aber du bist so schwach, Wolf. Du bist so weit gekommen, hast so hart gekämpft, und doch liegt der schwierigste Teil der Reise noch vor dir.« Sie hob eine Hand und fegte damit vor sich durch die Luft. Der Rabe erhob sich in die Lüfte und kreiste träge über unseren Köpfen.

Erik schloss die Augen. Schweißperlen erschienen auf seiner Stirn.

»Sogar in diesem Augenblick widerstehst du dem Ruf des Rudels, dem Zorn deines Alphas«, fuhr Yseult mit leiser, beruhigender Stimme fort. »Das fordert seinen Tribut. Wer wird deine Liebste retten, wenn die Bestie dich verschlingt?« In diesem einlullenden, verführerischen Ton schlängelten sich ihre Worte tief in meinen Kopf. Mein Körper fühlte ihre Last. Ich überwand mich, einen Schritt vorzutreten, während Erik neben mir schwankte.

»Aufhören«, flüsterte ich. Dann ergriff ich Eriks Hand, und er drückte die meine so fest, dass es mir Tränen in die

Augen trieb. Der Schmerz lichtete meine Gedanken, und ich fand die Kraft zu schreien: »Aufhören!«

Jäh riss Yseult die halb geschlossenen Lider auf. Der goldene Adler senkte sich vom Himmel herab, raste geradewegs auf den langsam kreisenden Raben zu. Der schwarze Vogel verzog sich mit einem unschönen Krächzen ins Gebüsch.

Kurz vor dem Boden bremste der Adler seinen Sturzflug. Er breitete die mächtigen Schwingen aus, die zu den muskelbepackten Armen eines Mannes wurden. Plötzlich stand Arne da, vollständig bekleidet mir ärmellosem Wams, Lederhose und einem feinen, gewobenen Mantel, der hinter ihm wallte.

Ich hatte noch nie erlebt, wie ein Berserker die Verwandlung mit mehr als einem Lendenschurz bekleidet vollzog. Die Luft waberte durch den protzigen Zauber.

»Hexe«, grollte Arne und stapfte auf sie zu. »Wir sind nicht so geschwächt, dass wir unsere Gefährtin nicht vor dir beschützen können.« Einige Schritte von der Hexe entfernt blieb er stehen, und obwohl ich wusste, dass er wesentlich größer als die blonde Frau war, wirkte sie irgendwie auf Augenhöhe mit ihm.

»Also habt ihr Anspruch auf sie erhoben.« Yseult zeigte mit ihrem Stab auf mich. Beide Krieger knurrten, als hätte sie eine Waffe gezogen. Schmunzelnd hob sie den Stab an, weg von mir. »Herzlichen Glückwunsch. Wie ich sehe, trägt sie bereitwillig euren Wendelring.«

Ich berührte den silbernen Reif um meinen Hals.

»Habt ihr auch die Paarung vollzogen?«

»Das geht dich nichts an.«

»Also noch ungepaart.« Sie kicherte, dann zuckte sie zusammen, als der mitternachtsschwarze Wolf aus dem

Gras hinter ihr hervorkam. Gunnr trottete zu uns herüber und bleckte unterwegs die Zähne in Richtung der Frau.

»Und jetzt verstehe ich, warum ihr euch noch nicht paaren könnt«, murmelte sie. Angespannte Sekunden verstrichen. Die drückende Stille brachte meine Haut zum Kribbeln. Meine Schwestern hatten mir erzählt, wie gefährlich die Hexe sein konnte, wenngleich sie ihnen in der Vergangenheit zu Hilfe gekommen war.

Mit einem merkwürdigen, kurzen Laut, der vielleicht ein Lachen sein sollte, sich jedoch völlig falsch und grell anhörte, zerbrach die Hexe die Stelle. »Ich habe entschieden, euch zu helfen. Bitte setzt euch.« Yseult vollführte erneut eine ausladende Geste mit der Hand, und plötzlich erschienen drei Steine in einer Reihe, perfekt für uns geeignet. Erik nahm auf einem davon Platz, zog mich aber auf seinen Schoß. Arne stellte sich neben uns, während sich Gunnr auf die Hinterläufe hockte. Ich ergriff mit einer Hand die von Arne, die andere legte ich auf Gunnrs Rücken.

Yseult zupfte an ihren Röcken. Der leichten Krümmung ihrer Lippen nach schien sie zufrieden zu sein.

»Also: Warum habt ihr mich gerufen?«

»Wir haben ein Problem«, ergriff Arne das Wort. »Ich habe etwas Böses entdeckt. Soweit ich das beurteilen kann, ist es in einem bestimmten Bereich gefangen, aber es hat zahlreiche bewegliche Diener. Und sie werden von Fleur angezogen.«

»Sie suchen alle *Holzmouwas*«, erwiderte Yseult.

Das beruhigte mich nicht im Geringsten. Erik und Gunnr knurrten beide.

»Warum?«, fragte Arne. »Und warum hast du uns das nicht schon früher gesagt?«

»Ich habe dem Rudel doch erzählt, wo ihr Fleur und ihre Schwestern findet, oder?« Sie zuckte mit den Schultern und erntete ehernes Schweigen. Seufzend fuhr sie fort. »Habt ihr euch je gefragt, warum es überhaupt Berserker gibt?«

Die drei Krieger versteiften die Körper.

»Wir sind entstanden, weil die Hexe unsere menschlichen Persönlichkeiten verflucht hat«, sagte Arne langsam, als erklärte er einem Kind etwas.

»Ja, aber woher kannte jene Hexe diesen Fluch?«

»Sie war böse. Sie hat ihn mit ihrer Hexenkunst herbeigeführt.«

»Ja, sie war böse, aber sie besaß nicht die Macht, den Fluch zu erschaffen. Sie konnte ihn nur wiederholen. Und so sehr sie sich bemühte, sie war keine Zauberin.«

»Erklär uns das.«

Yseult ließ sich nieder, um die Geschichte zu erzählen. Ihre langen Finger strichen über die Runen an ihrem Stab. »Vor langer Zeit wünschte sich ein König große Macht. Er war bereits sehr, sehr gefährlich, aber die Macht, mit der er hantierte, hatte vor langer Zeit seinen Verstand verschlungen, und er war bereit, alles für noch mehr Macht zu tun.

Wie ich schon sagte, erfordert jede Magie ihre Opfer. Hexen und Hexer bringen kleine Opfer dar – hier ein Kaninchen, da eine Taube. Größere Zauber erfordern ein größeres Tier, beispielsweise eine Ziege.«

»Die Hexe, von der wir verflucht worden sind, hat ein ganzes Rudel Wölfe geopfert«, warf Erik ein. Man hörte das Grauen jener Nacht aus seiner Stimme heraus.

Yseult nickte. »Je größer das Opfer, desto größer – und böser – die Macht. Der König wusste das und opferte Großes. Er war weit über die Ebene von Hexern oder Magiern hinaus. Er war ein Zauberer.«

»Und was hat er geopfert? Menschen?«

»Ja.« Sie senkte die Stimme. »Er hat seine eigenen Kinder getötet, um seine Totenbeschwörungen zu nähren.«

Mir entrang sich ein Wimmern, und Erik zog mich näher.

»Der König hatte viele Ehefrauen. Er suchte sich dafür mit natürlicher Magie gesegnete Frauen – die *Holzmouwas*. Ihre Nachkommen vereinten in sich Eigenschaften sowohl ihrer gesegneten Mutter als auch ihres bösen Vaters. Indem der König sie tötete und ihr Fleisch verzehrte, wurde er noch mächtiger. Er stand kurz davor, stark genug zu werden, um die gesamte Welt zu unterjochen, als eine seiner Ehefrauen seinen schrecklichen Plan erkannte.

Sie rief den Vollmond an, die Göttin, und erhielt von ihr einen Zauber. Die Frau wirkte den Bann über ihre Kinder, allesamt Söhne. Sie wurden zu Wölfen – und zu mehr als gewöhnlichen Wölfen, zu Berserkern. So waren sie stark genug, um ihren Vater und seine Streitkräfte zu überwältigen. Sie streckten ihn nieder, und mit der Hilfe ihrer Mutter banden sie ihn durch Magie und warfen ihn ins Meer.

Allerdings starb er nicht. Seine kalten Überreste erreichten diese Insel und trieben den Fluss hinauf, bis sie in einem selbstgeschaffenen Grab zum Ruhen kamen. Im Verlauf der Jahrhunderte ist er erstarkt. Er lockt Menschen zu seiner Gruft, verschlingt mit seiner Magie ihre Geister und zwingt sie, ihm zu dienen.«

»Die Grauen«, sagte Arne.

»Richtig. Mittlerweile entsendet er seine Diener, um genug Macht zu scharen, damit er sich wieder erheben kann. Und sobald er sie hat, wird er nicht aufhören, bis er jede *Holzmouwa* seiner Lust unterjocht und sie gezwungen hat, ihm Kinder zu gebären. Der Zyklus wird von vorn beginnen, es sei denn, du kannst ihn beenden.« Dabei sah sie unverwandt mich an.

Eriks Arme verstärkten den Griff um mich. »Fleur? Was kann sie schon tun?«

»Niemals.« Arne umklammerte meine Hand. »Wir lassen sie auf keinen Fall in ihre Nähe. Wir nehmen sie und fliehen.«

»Es gibt auf der Welt keinen Ort, an den ihr fliehen könnt. Schon jetzt ist er stark, zu stark. Wäre ich vor Jahren mächtiger gewesen, hätte ich es mit ihm aufgenommen, aber als ich letztlich dazu in der Lage gewesen wäre, war er noch mächtiger geworden.«

»Wir werden nicht das Leben unserer Gefährtin aufs Spiel setzen. Niemals.«

»Die Grauen werden nicht aufhören, sie zu verfolgen«, warnte die Hexe.

»Dann töten wir sie. Alle.« Arne ließ meine Hand los und trat vor. Seine Finger hatten sich zu verheerenden Klauen verwandelt.

Auch Erik erhob sich und schob mich hinter sich.

»Halt«, sagte ich. »Ihr werdet zu wütend. Yseult ist nicht der Feind.« Ich zog beide Männer zurück. Dabei bildeten meine Lippen in Yseults Richtung: *Ich will mit dir allein reden.*

In Ordnung. Yseults Stimme hallte in meinem Geist wider. Scharf atmete ich ein, bemühte mich aber um einen unverbindlichen Gesichtsausdruck, als die Krieger zu mir herumwirbelten.

»Wir gehen jetzt«, verfügte Erik. Die beiden ergriffen je einen meiner Arme und folgten dem mitternachtsschwarzen Wolf, der vorauslief.

~

Spät in jener Nacht, als ich aufstand, um mich zu erleichtern, passierte ich eine Pfütze aus Regenwasser und erblickte darin Yseults Spiegelbild.

»Wir haben nicht viel Zeit«, sagte sie. »In diesem Augenblick nähern sich von einer Seite die Mitglieder des Rudels, von der anderen die Grauen.«

»Dann sag es mir einfach«, forderte ich sie auf. »Wie kann ich die Grauen und die Wiederauferstehung verhindern?«

»Geh die Bindung mit deinen Kriegern ein. Bring sie mit diesen Neuigkeiten zurück zum Rudel. Vereint können sie gegen alles bestehen.«

Ich berührte den silbernen Reif um meinen Hals. Den Stöpsel hatten sie mir zuvor herausgenommen, aber sie hatten mir mitgeteilt, dass ich den Wendelring für den Rest meines Lebens tragen würde. »Wir versuchen ja schon, die Bindung ...«

»Gebt euch mehr Mühe. Und du kämpf nicht dagegen an. Du kannst die Bindung mit ihnen bilden, wenn du es zulässt.«

Ich schüttelte den Kopf. Die Hexe schien so sicher zu sein, dass wir die Katastrophe abwenden könnten, sobald meine Gefährten und ich aneinander gebunden wären. Unwillkürlich fragte ich mich, was genau sie wusste. »Yseult, warum hilfst du uns? Als du Erik und mir zum ersten Mal begegnet bist, hast du versucht, einen Zauber zu wirken.«

»Den du recht mühelos unterbrochen hast, Fleur.« Sie hob eine Schulter zu einem halben Zucken. »Es liegt in meiner Natur, Dinge auf die Probe zu stellen. Ich brauche die Berserker mit voller Kampfkraft. Schwäche kann nicht geduldet werden. Deshalb habe ich dich und deine Schwestern für sie gefunden. Ich kann es nicht allein mit dem Totenkönig aufnehmen.«

»Warum bist du überhaupt in diesen Kampf verstrickt?«

»Weil ich einst wie du war. Die Grauen hatten es auf mich abgesehen, aber ich hatte keinen Beschützer. Ich habe jedes Opfer gebracht, das ich bringen konnte, um Macht für den Kampf gegen ihn zu erlangen. Dabei habe ich die Grenze in die Dunkelheit überschritten. Ich besitze Macht, ja, aber sie ist unnatürlich und hat die von der Göttin gegebene Magie verbrannt. Ich bin keine *Holzmouwa* mehr, ebenso wenig bin ich in der Lage, mich mit einem Berserker zu paaren.« In ihrer Stimme schwang Bedauern mit. So menschlich hatte sie noch nie zuvor geklungen. »Aber für eine Weile bin ich in Sicherheit. Was endet, wenn sich der Totenkönig erhebt. Es gibt kein magisches Wesen, über das er nicht herrschen will oder das er nicht vernichten will.« Lag da ein Anflug menschlicher Angst in ihrem ansonsten ausdruckslosen Ton? »Ich wage nicht, mich seiner Ruhestätte zu nähern. Ich suche noch immer nach dem Zauber, der ihn vernichten kann, denn ist er erst erwacht, gibt es keine Möglichkeit mehr, ihn zu besiegen.«

»Eine seiner Ehefrauen hat einen Weg gefunden«, erinnerte ich Yseult.

»Ja, und jener Zauber ist verloren gegangen.«

Ich rang die Hände. So viel hing davon ab, dass ich meine Ängste beiseiteschob und mich meinen Männern öffnete. »Die Göttin wird dich dafür belohnen, wenn du uns hilfst«, sagte ich schließlich.

»Ich will dich nicht belügen, Fleur. Wenn du die Bindung mit deinen Kriegern nicht rechtzeitig vollziehst, musst du dich dem Totenkönig unter Umständen ohne sie stellen. Das Ergebnis dieser Begegnung habe ich nicht gesehen. Es gibt mehrere Wege, die unsere Welt einschlagen kann, aber das Schicksal dieser Insel liegt bei dir.«

Wieder hoben sich meine Finger und strichen über den Wendelring um meinen Hals.

»Ich kann dir ein paar Tricks geben, die vielleicht helfen.« Yseults Stimme wurde schwächer, klang entfernter, und die Pfütze waberte, wodurch ihr Bild verschwamm.

»Fleur?«, rief einer der Krieger aus der Hütte.

»Ich komme.« Als ich mich erhob, stapfte mein Fuß ins Wasser, und Yseults Gesicht wirbelte davon.

Mit den Worten der Hexe im Kopf stolperte ich beinah über etwas, das auf der Erde lag.

Der Stab der Hexe.

8

»Das gefällt mir nicht«, brummte Erik. Er stand mit vor der Brust verschränkten Armen da und starrte finster auf das lange, geschnitzte Stück Holz, das Yseult zurückgelassen hatte. Wahrscheinlich einer der »Tricks«, mit denen sie mir helfen wollte. Allerdings bot ich das nicht als Erklärung dafür an, warum der Stab mitten in der Nacht vor unserer Hütte erschienen war.

»Die Hexe tut niemals etwas ohne Grund«, sagte Arne. Er wirkte müde – müder, als er hätte sein sollen, nur weil er mitten in der Nacht geweckt worden war. Sich abseits des Rudels aufzuhalten, machte ihnen allmählich allen zu schaffen. »Dieses Ding schützt Fleur vielleicht, vielleicht auch nicht. Aber es ist ein Geschenk, das man nicht leichtfertig verschmäht.«

»Sie will, dass sich Fleur diesen Kreaturen stellt und gegen dieses uralte Übel kämpft. Eher sterbe ich, als dass ich das zulasse.«

Gunnr winselte.

»Hört auf zu streiten«, forderte ich sie auf. »Das stört nur unsere Bindung.«

Erik wandte sich ab, doch zuvor sah ich noch, wie er sich Blut aus dem Gesicht wischte. Wieder Nasenbluten von der geistigen Belastung.

»Was immer es ist – eine Hilfe oder ein Trick – bis morgen früh können wir nichts unternehmen.« Arne legte sich bereits wieder auf das Bettzeug. Nach einigen gegrummelten Anmerkungen gesellte sich Erik zu uns. Ich sagte ihm nicht, dass ich mich mit dem Stab sicherer fühlte, auch wenn er auf der anderen Seite der Hütte lag. Dorthin hatte ihn Erik getreten, nachdem ich ihn hereingebracht hatte.

Die Hexe hatte recht: Die Zeit lief ab, und wir brauchten jede Hilfe, die wir bekommen konnten.

ICH TRÄUMTE ERNEUT von Gunnr in Menschengestalt.

Er war ein großer und breitschultriger Mann, abgesehen von einem schwarzen Fell um die Schultern völlig nackt. Unter dem Auge, wo er als Wolf einige weiße Haare hatte, prangte eine kleine weiße Narbe.

»Fleur«, grunzte er, ein kehliger Laut, den ich kaum verstehen konnte. Irgendwie war ich gefesselt, und er kniete über mir, schnitt die Seile durch, damit ich ihn festhalten konnte.

Meine Finger fuhren durch sein seidiges dunkles Haar. Ich drückte die Lippen auf seine glatte Haut. Meine Beine schlossen sich um ihn, zogen ihn in meinen Körper, und er drang mit einem Aufschrei in mich ein. Ich lächelte, als mein Körper seine Stöße aufnahm.

Als er auf mir schaudernd zum Höhepunkt kam, verstärkte ich den Griff um ihn.

Seine Lippen fanden mein Ohr. »So süß und perfekt.« Er klang weniger wie ein Tier, mehr wie ein Mensch.

Ich strich das rabenschwarze Haar aus seinem Gesicht zurück. Er besaß goldene Augen und Sonnenbräune wie ein trockenes Eichenblatt, eine Schattierung zwischen der von Arne und Erik. »Musst du denn zurück?«

»Ich wage nicht zu bleiben.«

Ich reckte den Hals vor und küsste ihn. *Ich werde dich für immer zurückholen,* versprach ich ihm direkt in seinem Geist. *Ich werde einen Weg finden.*

AM NÄCHSTEN MORGEN passte die eigenartige Kälte in der Luft zur frostigen Stille zwischen Erik und Arne. Ich schnaubte, hob den Stab auf und ging mit Gunnr los, um Wasser zu holen.

Schweigend liefen wir nebeneinander einher. Mein Herz fühlte sich zu schwer an, um darüber zu sprechen, was ich im Schlaf gesehen hatte. Aufgrund der traurigen Haltung des Wolfs fragte ich mich, ob wir denselben Traum geteilt hatten.

Ein Knurren drang aus dem Wald, als wir uns dem Bach näherten. Sofort sprang Gunnr vor mich und drängte mich zurück. Eine zweite Warnung brauchte ich nicht, um die Flucht zu ergreifen. Wir rasten zurück, Gunnr dicht hinter mir. Die knurrenden Laute folgten uns. Als ich mich der Hütte näherte, gelang es mir, das Geräusch einzuordnen. Kein Wolf. Berserker.

»Komm, Fleur.« Arne stürmte aus der Hütte hervor. Er packte meine Hand und zog mich mit sich. Allein seine Berührung machte mich schneller, als ich es sonst gewesen wäre. Auch der Stab verlieh mir das Gefühl, federleicht auf den Beinen zu sein.

Erik und Gunnr, beide in Wolfsgestalt, verschwanden in den Wald.

Arne rannte mit mir weiter. »Sie sorgen für Verwirrung in der Spur, während wir uns im Dorf verstecken.«

»Was ist mit den Grauen? Werden sie uns nicht erwarten?«

»Wir müssen es versuchen.«

Wir brachen aus den Wäldern hervor auf das Feld, wo die Hexe mit uns gesprochen hatte. Gras peitschte gegen meine Röcke, aber schon bald wich der Untergrund saugendem Schlamm.

»Bei den Monden«, fluchte Arne. Der Teich auf dem Feld hatte sich in eine riesige Wasserfläche verwandelt. Mir unterlief der Fehler, dass ich nach unten blickte. Statt meines Gesichts und meines Körpers sah ich meine Todesvision – die in Stoff gehüllte Leiche in einer gruftähnlichen Höhle.

»Fleur!« Ich kam wieder zu mir, weil Arne mir ins Gesicht brüllte. »Was ist?«

»Ich habe mein Gab gesehen«, antwortete ich und umklammerte seine Arme. Wir knieten uns beide an den Rand des Wassers.

Der Lärm des uns jagenden Rudels wurde lauter.

»Warte«, sagte er und verlagerte den Körper so, dass er sich zwischen mir und dem zitternden Gras befand.

Eine Gestalt stürmte daraus hervor, ein riesiges Monster mit schwarzem Fell. Ich umklammerte den Stab wie eine Waffe, aber er ließ keine Tricks erkennen, die mir helfen konnten.

»Erik.« Arne breitete die Hände aus, um anzuzeigen, dass er keine Bedrohung verkörperte. »Wir sind es.«

Die Fänge und das Fell bildeten sich so weit zurück, dass ich einen Teil von Eriks Gesicht erkannte. Der Körper der

Kreatur war gekrümmt und gegenüber seiner ohnehin bereits beachtlichen Größe noch einen Kopf gewachsen. Gunnr befand sich daneben.

»Ist das Rudel weg?«, fragte ich voll vergeblicher Hoffnung.

»Nein«, sagte Arne. »Wir sind umzingelt.« Die Krieger bildeten einen Kreis, nahmen mich in die Mitte.

»Sind die Alphas hier?«

»Alle. Davon bin ich überzeugt.«

»Wir können entkommen, oder?«, fragte ich, obwohl mein Mut bereits sank. Arne konnte sich in einen Adler verwandeln, aber was war mit den anderen? Sie konnten nicht einfach wegfliegen.

Erik fiel neben mir auf die Knie. Seine Hände glichen eher Klauen mit scharfen Krallen, doch sein Gesicht war mittlerweile überwiegend menschlich.

»Fleur, geh. Sie werden dir nicht wehtun.«

»Nein!« Ich klammerte mich an seinem Arm fest. »Nicht ohne euch.«

»Das hatten wir schon«, grollte Arne. »Dafür ist keine Zeit.«

»Wenn ich dir sage, du sollst rennen, dann rennst du.«

»Ich kann nicht. Ich lasse euch nicht sterben.«

»Wenn wir dich zurückgeben, besteht die Möglichkeit, dass uns die Alphas gehen lassen.«

»Selbst dann wärt ihr vom Rudel abgeschnitten. Ich habe eure Gedanken gehört. Ihr würdet wahnsinnig werden und sterben.«

»Es bleibt nicht viel Zeit«, presste Arne hervor. »Und sie kennen keine Milde.«

»Sie kommen, um uns zu töten, Fleur, und wir wollen nicht, dass du es mit ansiehst.«

»Nein, das lasse ich nicht zu!«, brüllte ich. Dann

schwang ich meinen Stab und hieb ihn auf den Boden. Er spritzte ins Wasser, das mittlerweile hoch genug gestiegen war, um unsere Füße zu bedecken. Der Teich breitete sich von uns weg weiter in alle Richtungen aus.

Arne stolperte vor Überraschung. »Was für eine Magie ist das?«

»Keine Zeit!«, rief ich. »Haltet euch an mir fest.« Meine linke Hand krallte sich in Gunnrs Fell, mit der rechten trieb ich den Stab erneut ins Wasser. Nebel strömte von der Wasseroberfläche und verteilte sich über die Felder.

»Behaltet die Hände an mir«, befahl ich und wartete, bis Arne einen meiner Arme ergriff und Erik den anderen. »Jetzt gehen wir los. Langsam.«

Unsere Bewegungen wirbelten den Nebel nicht auf, der weiter von der Wasseroberfläche strömte und dort dichter wurde, wo ihn der Stab berührte.

Durch ihn hindurch sahen wir schemenhafte Gestalten – die massigen Monster von Berserkern in der Umklamme-rung der Raserei. Manchmal klang das Knurren und Heulen von Berserkern näher, manchmal weiter entfernt.

»Einige unserer Brüder könnten darin fallen«, murmelte Arne.

»Der Nebel wird sie nicht verletzen.«

»Schon richtig, aber durch Panik könnten sie zu kaum mehr als wahnsinnigen Bestien verkommen.«

Ich hielt auf die andere Seite des magischen Teichs zu, aber zu meiner Überraschung erschien die Hütte vor uns.

»Dieser Ort ist sicher«, sagte Arne. »Er ist mit Schutzzau-bern versehen. Ich habe das Gefühl, hier werden uns die Berserker nicht finden, sonst wäre er nicht erschienen.«

Die Krieger ließen mich zuerst eintreten. Aus Rücksicht auf Erik ließ ich den Stab an die Wand neben der Tür gelehnt zurück, obwohl ihn das Werkzeug der Hexe nicht mehr so sehr zu stören schien.

Nach den wenigen Schritten, die ich zum Erreichen des Bettzeugs brauchte, sackte ich sofort zusammen. Erschöpfung verdichtete sich in meinem Körper und lastete schwer auf meinen Gliedern.

Arne kniete sich neben das Bett und deckte mich mit dem Pelzmantel zu. Ich ergriff seine Hand. »Vom Rudel getrennt zu sein, fordert seinen Tribut. Wir müssen die Bindung eingehen.«

»Ruh dich aus, Kleines«, beruhigte er mich mit seiner tiefen Stimme. »So die Göttin will, ist danach noch Zeit dafür.«

ICH ERWACHTE durch den Geruch von nassem Fell und eine schwere Wärme im Rücken. Ohne die Augen zu öffnen, zuckte ich zusammen und rollte mich weg, als eine raue Zunge meine Wange erwischte.

Gunnrs lange Schnauze stupste mich, als er mein Gesicht leckte.

Ich rümpfte die Nase. Er grinste mich an und ließ ein Bellen vernehmen. Arne eilte an meine Seite.

»Wie fühlst du dich?«, fragte er und half mir, mich aufzusetzen.

Ich führte eine Bestandsaufnahme meiner Gliedmaßen durch. Mein Körper fühlte sich zwar steif, aber schmerzfrei an.

Als ich es Arne mitteilte, blies er erleichtert den Atem aus und reichte mir einen Becher Met.

»Du hast uns gerettet, Fleur.«

Ich entbot ihm ein mattes Lächeln. »Vielleicht ist der Stab doch nützlich.«

»Oder vielleicht sind deine Kräfte letztlich erblüht.« Erik kauerte sich näher.

»Sind wir hier noch sicher?«

»Die Nacht ist angebrochen. Falls da draußen Berserker sind, können wir sie nicht spüren. Wir glauben, dass sie der Nebel in die Irre geführt hat.«

»Dann haben wir eine Verschnaufpause.«

Ich stellte den Metbecher beiseite. »Wir müssen die Bindung eingehen«, sagte ich.

»Ach ja, kleine Magierin? Willst du uns schon wieder Befehle erteilen?«, fragte Arne in belustigtem Ton, als er sich erhob und zur Feuerstelle ging.

»Drohst du uns mit deinem Stab, wenn wir uns nicht fügen?«

»Droht ihr mir mit euren?« Ich warf einen vielsagenden Blick auf den Schritt seiner Hose.

Erik stimmte grölendes Gelächter an. »Ich finde, eine Bestrafung wäre angebracht.«

»Oh ja«, pflichtete ihm Arne bei, der mit dem Bündel der Dinge zurückkehrte, die er auf dem Markt gekauft hatte. »Du hast uns schon wieder nicht gehorcht. Wir haben dir gesagt, du sollst wegrennen, und du hast dich geweigert.«

»Das hat euch das Leben gerettet«, wies ich auf etwas hin, das er selbst eben erst gesagt hatte.

»Ja.« Er grinste, als wäre ihm durchaus bewusst, wie unlogisch er war. »Aber wenn wir dir einen Befehl erteilen, dann erwarten wir, dass du gehorchst. Wir werden dich so lange ausbilden, bis du es tust.«

Ein Kribbeln breitete sich durch meinen Körper aus.

Erik zupfte an einer Strähne meines Haars. »Die Bestie

verlangt Entschädigung. Sie will, dass du dich unterwirfst, damit sie weiß, dass du uns gehörst.«

Lächelnd zog ich das Band aus meinen Haaren und ließ sie offen auf meine Schultern fallen. »Tut, was ihr wollt.«

~

WENIGE MINUTEN später lag ich nackt und in gespreizter Haltung angebunden mitten in der Hütte. Die Fesseln bestanden aus weichem Leder und waren an vier großen Steinen befestigt.

Unsere Feinde mochten sich draußen herumtreiben, trotzdem sorgte ich mich nicht.

»Tief atmen, Mädchen«, wies Erik mich an.

Ich gehorchte, ließ ihn sogar meine Atmung bestimmen. So, wie ich gefesselt war, konnte ich nur den Kopf bewegen oder mit einem Finger zucken.

Arne saß auf einem Stein über mir und hielt eine angezündete Kerze – ein weiterer Kauf vom Markt.

Erik lag neben mir auf der Seite und legte gemächlich die Hand auf eine meiner Brüste.

»Und jetzt, Fleur? Bist du damit einverstanden, uns zu gehorchen? Zu tun, was wir befehlen?«

Ich drehte ihm den Kopf zu. »Nur, wenn es nicht euer Leben gefährdet.«

»Falsche Antwort.« Arne kippte die Kerze. Weißes Wachs ergoss sich von oben auf meine ungeschützte Haut. Ich zuckte bei jedem Tropfen zusammen, der auf mir landete, kleine, brennende Punkte, die mein Schlüsselbein wie eine Halskette säumten.

Ich lag auf einem weichen Stapel von Fellen, aber kein einziger Wachstropfen verirrte sich auf sie.

»Wem gehörst du?«, fragte Erik. Seine Finger wanderten

tiefer, glitten über meinen verletzlichen Bauch und tauchten in meine Liebesgrotte.

»Ich gehöre euch.«

»Bist du sicher?«

Seine Finger krochen tiefer, und ich kniff den Hintern gegen seinen Angriff zusammen, so gut ich konnte.

Er gab einen tadelnden Laut von sich. »Ein bisschen Ermutigung«, meinte er zu Arne, der das Wachs auf meine Brüste tropfen ließ. Mein Rücken wölbte sich durch, und ich schnappte nach Luft.

Erik setzte sich zwischen meine Beine, befeuchtete seine Finger und schob einen Finger und einen Daumen in je eine meiner unteren Öffnungen.

»Wie ist es jetzt?«

Arne beugte sich näher und ließ die Wachstropfen auf meinen Nippel fallen. Mein Körper zog sich krampfhaft um Eriks in mich eindringende Finger zusammen.

Erregung durchzuckte mich lodernd.

Erik tauchte tief in meinen Schoß, bearbeitete mit dem Daumen eine empfindsame Stelle, die das Feuer höher züngeln ließ. Weiteres Wachs landete auf meinem linken Nippel, und das Feuer in mir drohte, mich zu verschlingen.

»Sag uns, was wir hören wollen, Fleur, oder wir beschichten deinen gesamten Körper mit Wachs, ohne dass wir dich je zum Höhepunkt kommen lassen.«

»Oh, bitte.« Jeder Muskel in meinem Körper spannte sich an und kämpfte um die Erlösung, die sich mir knapp entzog.

»Lass mich ihr den Stöpsel einsetzen«, schlug Erik vor. »Sie wird sich daran erinnern, wem ihr Körper gehört, wenn sie den Arsch voll hat.«

Meine Krieger schoben die Steine links und rechts von meinen Füßen näher, damit sie meinen Hintern anheben konnten. Erik holte den Holzstöpsel hervor und ölte ihn auf Hochglanz ein.

»Nein ...« Ich stöhnte, als er ihn zwischen meine Pobacken presste.

»Du sagst nein, aber deine Nippel sind steinhart und deine Scham trieft vor Verlangen.« Erik kreiste mit dem schmalen Ende des Stöpsels um mein hinteres Loch und kitzelte die empfindsame Haut. »Ich glaube, dir gefällt das.«

»Es gefällt ihr zu wissen, dass sie jemandem gehört. Dass wir über jeden Teil von ihr gebieten. Und dass wir sie so bestrafen oder erfreuen werden, wie wir wollen.«

Ausgestreckt auf den Fellen, während der Schein des Feuers auf meiner mit Wachs beträufelten Haut schimmerte, verkörperte ich ihren wunderschönen Besitz.

Mein Kopf rollte auf dem Hals, als der Stöpsel mein hinteres Loch fast zum Zerreißen dehnte und hineinglitt.

Arne sprenkelte weiter meine Haut, ließ das Wachs aus unterschiedlichen Höhen herabtropfen, als wollte er meine Reaktionen darauf ausloten, während Erik den Stöpsel langsam in mir bewegte. Schweißperlen bildeten sich auf meiner Haut zwischen dem Wachs.

»Bitte.« Meine Glieder zitterten mit der Ankunft der Ekstase.

Erik dehnte mich erst mit zwei Fingern in mir, dann fügt er noch einen und noch einen hinzu. »Bald füllen wir dich aus.«

»Heute Nacht«, presste ich atemlos heraus. »Bitte.«

»Du gibst die Regeln nicht vor«, erinnerte mich Arne. »Du unterwirfst dich unseren Regeln.«

Ich bleckte ihm die Zähne entgegen, und er zog eine Wachstropfenspur von meinem Brustbein zu meinem rasierten Lusthügel. Meine Mitte zog sich mit jeder Ergänzung zusammen, die Hitze schraubte sich in mir höher und höher, je näher Arnes Muster dem Bereich kam, in dem Erik an mir spielte.

Mit einem verruchten Grinsen zog Erik erst die Finger, dann den Stöpsel aus mir, während Arne das Wachs direkt auf meine heiße Mitte träufelte.

Meine Schreie hallten in meinen Ohren wider, als mein Höhepunkt meinen Geist zerbersten ließ.

Die Krieger standen über mir, die Hosen geöffnet, die Mannespracht herausgeholt. Erik hielt seinen Schaft in der Hand und grunzte, während er ihn massierte. Arnes mächtige Oberschenkel bebten, als er die Faust um seinen riesigen Prügel schloss.

Ich zuckte in meinen Fesseln und leckte mir über die Lippen.

»Bitte. Gebt mir eure Schwänze. Gewährt mir, was ich brauche.« Unter dem gehärteten Wachs pulsierten meine Nippel.

»Du nimmst, was wir dir geben«, erwiderte Arne. Seine Kieferpartie spannte sich an. Er kniete sich hin, und ich strebte nach oben, als ich seinen Moschusduft roch. Flüssigkeit sickerte aus der Spitze der breiten Eichel.

Erik kniete sich auf meine andere Seite. Eine Hand behielt er an seinem Schaft, während er die andere auf meinen Busen legte.

Meine Lippen bildeten *bitte, bitte*, als mich die Krieger mit ihrem Samen bespritzten.

Sie zerrissen mit bloßen Händen meine Fesseln und hoben mich hoch. Jeder der beiden eroberte meinen Mund, bevor sie mich mit weichen Tüchern wuschen und in den Pelzmantel hüllten.

Arne zog mich in seine Arme. »Wir nehmen dich erst, wenn wir dich alle zusammen nehmen können.«

»Dafür ist keine Zeit. Die Grauen kommen. Der Toten-könig will mich als seine Braut.«

Arne drückte mir einen zarten Kuss auf die Schläfe. »Er wird dich nicht bekommen. Du gehörst bereits uns.«

INS MORGENLICHT GETAUCHT STAND Arne am Eingang der Hütte. Ich rappelte mich auf und zog den Mantel enger um mich, als ich zu ihm ging. Er legte den Arm um mich, sagte aber kein Wort. Der Nebel kräuselte sich noch durch den Wald und über das Feld, lichtete sich jedoch allmählich.

»Keine Spur von den Berserkern, obwohl wir wissen, dass sie uns noch jagen. Erik und Gunnr kundschafteten als Wölfe.«

Die kühle Luft ließ mich schaudern. Es fühlte sich nicht mehr wie mitten im Sommer an.

»Komm zurück herein.«

Er schürte das Feuer, während ich mit um den Körper geschlungenen Armen dastand.

»Arne, die Bindung ... sie ist nicht vollständig, oder?«

»Noch nicht. Gunnr wagt es nicht, sich zu verwandeln.«

Ich rieb mir das Gesicht, spürte die Erschöpfung der vergangenen Tage.

Und es ging nicht nur mir so. Auch die Krieger ließen allmählich Anzeichen von Belastung erkennen. Erik massierte sich immer wieder den schmerzenden Kopf und bekam Nasenbluten. Gunnr steckte in Wolfsgestalt fest. Sogar Arnes breite Schultern fingen an zu hängen, und seine wunderschöne Haut wurde blässlich. Das lag an mehr als nur der Trennung vom Rudel. Meine Krankheit steckte sie an.

Die Tür knarrte, als Erik und Gunnr zurückkehrten, aber ich konnte ihnen nicht unter die Augen treten.

»Es ist meine Schuld«, flüsterte ich.

»Nein«, widersprach Arne, womit er mich daran erinnerte, dass Werwölfe ein scharfes Gehör besaßen. »Wir brauchen nur mehr Zeit.«

»Wir fliehen. Halten uns sowohl vom Rudel als auch von den Grauen fern.«

Ich hob Yseults Stab auf. »Ich kann zurückgehen. Ich trage euren Fall vor.«

»Das wirst du nicht«, entgegnete Erik.

»Ihr versteht das nicht. Ich kann die Bindung mit euch nicht eingehen.«

»Natürlich kannst du«, erwiderte Arne. »Du besitzt die Magie, dir liegt etwas an uns ...«

»Ich sterbe.« Mein Ruf füllte die Hütte aus. »Ich weiß, dass es so ist. Ich habe meinen Tod gesehen.« Drei betroffene Gesichter umkreisten mich, zwei Krieger, ein Wolf. »Ich habe ein Grab in einer Höhle und einen in Tücher gewickelten Leichnam gesehen.«

»Fleur.« Arne trat vor.

»Nein.« Ich riss eine Hand hoch, um ihn abzuwehren, jedoch zu spät. Eriks tätowierte Arme schlossen sich um mich. Der Stab fiel klappernd zu Boden.

»Ruhig, ganz ruhig.« Er streichelte mein Haar und drückte mich an sich, als wollte er sich vergewissern, dass ich lebte. »Wir lassen nicht zu, dass dir etwas geschieht.«

Es gab nichts, was sie tun konnten.

»Sag das nicht«, kam von Arne.

Ich blinzelte. Ich hatte nicht laut gesprochen, was bedeutete, dass die Krieger meine Gedanken gehört hatten.

Ja, bestätigte Erik in meinem Geist. *Zwischen uns besteht eine Bindung. Das kannst du nicht leugnen.*

»Es ist zu spät. Es ist nicht sicher für euch, mit mir verbunden zu sein. Das Wagnis könnt ihr nicht eingehen.«

»Wir beurteilen, was wir riskieren und was nicht.«

»Ich ...« Bevor ich den Gedanken zu Ende bringen konnte, wirbelte mich Erik zu sich herum.

Mit einer Faust im Haar an meinem Hinterkopf neigte er meinen Körper nach hinten und küsste mich. Seine Lippen waren eindringlich, verzweifelt, und ich weigerte mich, nachzugeben. Stattdessen kämpfte ich, zerrte mit den Händen an seinen nackten Schultern, kratzte mit den Nägeln über seine kraftvollen Muskeln, bis er schauderte, aber er ließ mich nicht los. Seine Zunge stieß in meinen Mund.

Mein Körper fing Feuer. Ich presste mich an ihn, rieb meine sehnsüchtigen Nippel an ihm. Statt ihn wegzuschieben, krallte ich an seinem Rücken und versuchte, ihn näher zu mir zu ziehen.

Seine Hände ertasteten meinen Hintern, legten sich darauf und hoben mich hoch. Meine Beine hakten sich um seine Hüften, als er mich zu unserem Schlafplatz trug und uns beide hinlegte. Kurz lösten sich seine Lippen von mir, bevor sie zurückkehrten und sein Bart über mein Gesicht kratzte. Mit durchgebogenem Rücken nahm ich sein Gesicht in die Hände und drückte ihn nach unten, damit seine Stoppeln über meine liebesbedürftigen Brüste schabten.

»Beim Mond«, hauchte Erik. Seine Hände rissen den Mantel auseinander, den ich trug, und ich war dankbar, dass ich mein Unterwand und Kleid sicher verstaut hatte. Die Kleidungsstücke hätten seine Leidenschaft nicht überlebt.

Ich hielt Eriks Kopf an meine Brust gedrückt, während er mir mit geschickten Lippen und flinker

Zunge huldigte. Meine Hüften tänzelten unter ihm, suchend, begierig.

»Fleur.« Arne stand mit leuchtenden Augen über uns.

Ich streckte mich ihm entgegen. »Arne, bitte. Ich brauche ... ich brauche ...« Scharf saugte ich die Luft ein, als Erik meinen Nippel zwischen die Zähne nahm. Hitze schoss mir in den Scheitelpunkt zwischen meinen Beinen. Wenn mir die Krieger nicht bald Erlösung bescherten, würde ich schreien.

Erik hörte auf, an mir zu knabbern. Seine Zunge leckte den Schmerz weg. Mit mir in den Armen rollte er sich auf den Rücken. Ich setzte mich rittlings auf ihn und riss den Lendenschurz weg.

Arnes Hände legten sich auf meine Hüften. »Na schön, kleine Wölfin. Wir geben dir, was du brauchst.«

Mit ehrfürchtigem Gesichtsausdruck legte Erik die Hände auf meinen Busen. Langsam senkte ich mich auf ihn. Meine Scham zog sich zusammen, als er mich ausfüllte. Ich sackte nach vorn auf ihn und erbebte unter den Empfindungen, die meinen Körper erschütterten. Er fühlte sich so gut an, so richtig. Dieses Gefühls würde ich niemals überdrüssig werden. Ich war für ihn geschaffen.

Meine Krieger murmelten dasselbe zu mir. Arne blieb in kauernder Haltung hinter mir und stützte meinen Körper, als ich mich aufrichtete und anfing, auf Erik zu reiten. Mein Körper wogte in einer Bewegung so alt wie die Zeit.

Arnes Hand drückte mich nach vorn. Seine dicken Finger dehnten meinen Hintern. »Du wirst auch mich aufnehmen, Fleur.« Seine Finger und Eriks Schaft rieben meine intimsten Stellen, bis mich die Empfindungen zum Schaudern brachten.

»Wir werden dich beide beanspruchen. Du bist dafür geschaffen worden.«

Ich presste mich an Eriks nackte Brust und wartete darauf, dass Arne in mich eindrang. Erik hob mein Kinn an und eroberte meinen Mund mit einem wilden Kuss, erfüllt von den Tagen, den Monaten, den Jahren der Sehnsucht.

»So gut. So richtig. Du bist für uns geschaffen.«

Arnes breite Eichel setzte sich an meiner hinteren Öffnung an. Langsam drang er in mich ein. Trotz des schmierenden Öls und meiner eigenen Säfte stöhnte ich, als mich mein Krieger fast bis zum Zerreißen dehnte. Meine aufgerichteten Nippel stießen gegen Eriks feste Brust.

Mit der Faust in meinem Haar drehte Arne meinen Kopf so, dass er meinen Mund erobern konnte. »Mein«, brummte er und ließ mich los, als er begann, in mich zu wogen.

Meine beiden Krieger bewegten sich mit mir zwischen ihnen.

Da fielen meine Tränen. Meine Finger bohrten sich in Eriks starke Arme.

»Nicht weinen, Mädchen. Wir sind dafür bestimmt, zusammen zu sein.«

Ich legte die Wange auf seine Brust und ließ das Schluchzen aus mir dringen, bewegte mich schneller, bis aus meinem Schniefen ein Stöhnen wurde, das vibrierend tief aus mir aufstieg, begleitet von Schwallen überwältigender Lust, jeder kraftvoller als der davor.

»So soll es sein. Das sind wir«, sagte Arne. Seine Lippen senkten sich auf meinen Hals, seine Zunge leckte einmal, zweimal über meine Haut. Dann bissen Zähne zu.

Ich kam heftig, mein Körper krampfte sich zuckend zusammen, als sich die Ekstase knisternd durch meinen Geist rankte. Meine Männer bewegten sich weiter.

»Nimm uns, nimm deine Gefährten«, verlangte Arne.

Erik richtete sich auf und schlug die Zähne in meine rechte Schulter. Ich schrie auf, als hätte mich ein Blitzschlag erfasst. Mein Höhepunkt kribbelte durch meine Brüste und mein Geschlecht. Der tätowierte Krieger brüllte, als seine Hüften zuckten und er seinen Samen tief in mich spritzte. Ich klammerte mich fest, so gut ich konnte, und wünschte, unsere Körper könnten vollständig miteinander verschmelzen.

Hinter mir beschleunigte Arne seine Stöße. Mein Körper dehnte sich um ihn, während er sich sein Vergnügen nahm. Nach mehreren rauen Grunzlauten verausgabte auch er sich.

Ich streichelte beide Männer und hielt sie fest, als sie aus mir gleiten wollten. Leise, protestierende Geräusche drangen über meine Lippen. Am liebsten hätte ich sie in mir leben lassen.

Arne rollte sich von mir auf den Rücken. »So sollte es immer sein, Fleur.«

Erik hielt mich fest und leckte mir das Blut von den Schultern. Die Haut heilte bereits, ein Beweis der Verbindung zwischen uns. Berserker-Stärke strömte durch meine Glieder.

Ich lachte. Ich würde sterben und mich dabei stärker als je zuvor fühlen.

»Du wirst nicht sterben«, versprach Arne. »Wir werden dich bis zu unserem letzten Atemzug beschützen.« Der große Mann hob mich hoch und legte ein kühles Tuch zwischen meine Beine. Behutsam säuberte er mich.

Erik sank zurück und wischte sich ein wenig Blut weg, das aus seiner Nase sickerte. Nur wenige Tropfen, und er entfernte sie schnell, trotzdem sah ich sie.

»Ihr sterbt auch«, sagte ich. »Ihr seid schon zu lange vom Rudel abgeschnitten.«

Gunnr ließ ein Winseln vernehmen und legte den Kopf auf die Pfoten.

»Deine Gegenwart sorgt dafür, dass wir geistig gesund bleiben«, sagte Arne. »Wenn du stirbst, folgen wir dir. Aber bis dahin beschützen wir dich mit jedem Quäntchen Kraft, das in uns steckt.«

ALS ICH ERWACHTE, war das Feuer beinah erloschen. Ich stand auf, legte Holz nach und lächelte bei mir, als ein Rinnsal Samen mein Bein hinablief. Sogar, als ich einen Becher Wasser fallen ließ, schliefen meine zwei Krieger weiter wie Tote.

Ich berührte die wunde Haut an meinen Schultern, bevor ich mich anzog, den Pelzmantel überstreifte und den Stab ergriff. Gunnr war zum Jagen draußen. Ich würde losgehen, die Alphas suchen und ihnen die Paarungsbisse zeigen. Dann würden sie wissen, dass ich den Anspruch meiner Berserker akzeptiert hatte.

Draußen war der Nebel zurückgekehrt. Ich umklammerte den Stab, und ein Kribbeln lief durch meinen Arm. Yseults Geschenk würde mich zum Rudel führen und für meine Sicherheit sorgen.

Nach wenigen Minuten Marsch wurde das Kribbeln stärker. Schemen zeichneten sich in den Nebelschwaden ab.

Ich roch den Verwesungsgestank im selben Augenblick, in dem ich begriff, dass mich der Stab warnen wollte.

Kalte, tote Hände umklammerten meine nackten Arme. Keine Berserker.

Die Grauen.

9

Das Kloster stand an einer Biegung einer ruhigen Dorfstraße, umgeben von goldenen Feldern. Ein friedlicher Ort, aber je näher ich hingelangte, desto schlimmer wurde das Kribbeln auf meiner Haut, das nur meine Reaktion auf die Berührung der Grauen sein konnte.

Meine Entführer hatten mich nicht gefesselt. Das mussten sie nicht. Einer hatte auf meinen Kopf gezeigt und mir damit rasende Schmerzen verursacht. Von da an wagte ich nicht, etwas zu versuchen, damit sie mich nicht bewusstlos schlugen. Wenn ich wach bliebe, könnte ich vielleicht im richtigen Moment fliehen oder kämpfen.

Den Stab behielt ich bei mir. Zwar wollten sie ihn nicht berühren, allerdings hatte Yseults Geschenk nichts bewirkt, um mich zu beschützen.

Und so fügte ich mich in mein Schicksal und wehrte mich nicht. Ich hatte noch nie so viele meiner Feinde auf einen Haufen gesehen. Passend, zumal sie mich zu meiner letzten Ruhestätte brachten.

Das Kontingent der Grauen führte mich die Straße

entlang zu dem Steingebäude. Kurz vor Einbruch der Abenddämmerung trafen wir vor einer großen, eisenbeschlagenen Holztür ein. Mit hämmerndem Kopf und angesichts der Schmerzen halb geschlossenen Augen hing ich schlaff in den Armen der Grauen.

Die Tür öffnete sich, und ein stämmiger Mann in Mönchsgewändern erschien auf der Schwelle. Er musterte mich von oben bis unten. »Was soll ich mit der?«, herrschte er die Grauen an. »Sie sieht halbtot aus.«

Die Grauen schwiegen größtenteils, aber wenn sie das Wort ergriffen, klangen ihre Stimmen wie ein Griffel, der über eine Schiefertafel kratzt.

»Kette sie an«, sagte einer in rauem Flüsterton.

»Oh, na schön.« Der Mann bedeutete ihnen, weiterzugehen. »Aber ihr kommt besser schnell zurück. Ich werde sie nämlich nicht füttern.«

Seine Hand schloss sich um meinen Arm, dann zerrte er mich durch kühle Gänge zu einer Treppe. Nachdem wir sie erklommen hatten, ergriff er einen großen Schlüsselbund von seinem Gürtel und schloss eine Turmtür auf. Dahinter befand sich eine Zelle mit Heu auf den Steinplatten und einem Nachttopf in der Ecke. Der Mann sicherte mich mit einer Kette an der Wand und ging.

Ich trat ans Fenster und blickte hinunter zu den Gärten.

»Hilfe!«, rief ich, aber meine Stimme war schwach.

Ich versuchte, die Verbindung zwischen den Kriegern und mir zu verwenden, fand jedoch nur Leere vor. Was die Grauen benutzt hatten, um mich zu schwächen, hatte auch die Bindung durchtrennt. Ich sank auf das Heu.

Dann döste ich wohl ein, denn ich erwachte durch ein schrammendes Geräusch – die Tür, die sich öffnete. Bevor ich mich auf die Beine rappeln und den Stab umklammern konnte, meine einzige spärliche Waffe, steckte eine junge Frau mit langem, kastanienbraunem Haar den Kopf herein.

»Oh«, sagte sie. »Ich wusste nicht, dass jemand hier ist. Ich hätte nachsehen sollen.« Sie setzte dazu an, die Tür wieder zu schließen.

»Warte!«, rief ich. »Geh nicht!«

Sie öffnete die Tür und schloss sie nach einem schnellen Blick den Gang hinunter. »Ich kann bleiben, aber nur kurz. Du musst neu sein. Du bist mir noch nicht untergekommen. Ich bin Hasel, eines der Mündel hier.« Sie knickste leicht.

Mündel? Bevor ich fragen konnte, was sie damit meinte, zeigte sie auf meinen angeketteten Fuß.

»Ist die Krankheit über dich gekommen?«

»Was?«

Sie errötete. »Hast du ein sehnsüchtiges Ziehen in dir? Manchmal drückt es sich als Wärme hier aus« – sie deutete auf ihre Brüste und errötete noch mehr – »oder hier.« Ihre Hand wanderte unter die Taille. Wäre sie nackt gewesen, hätte sie mit der Geste den Lusthügel bedeckt.

»Meinst du die Brunst?«, flüsterte ich und benutzte den Stab, um mich auf die Füße zu stemmen. »Hör zu, Hasel. Ich bin gegen meinen Willen hier. Die grauen ... Männer haben mich gepackt und hierher gebracht.« Ich schüttelte mein Fußgelenk, rasselte mit der Kette. »Du musst mir helfen, mich zu befreien.«

Ihr Gesicht verzog sich, als wollte sie gern helfen, traute sich aber nicht.

Mir wurde klar, was für einen wilden Anblick ich abgeben musste – Stroh in den Haaren, langer Pelzmantel, dicke Stiefel und geschnitzter Stab. Eine Mischung aus Wahnsinniger und Barbarenkönigin.

»Ich bin Fleur von Alba«, stellte ich mich vor.

»Freut mich, Fleur von Alba«, erwiderte Hasel leise. Sie

besaß sehr gute Manieren, und aus ihrem süßen Auftreten sprach Intelligenz. »Hat dich deine Familie hergeschickt? Der Ordensbruder sammelt junge Frauen, die von lüsternen Geistern beseelt sind. Diesen Raum benutzt er, um sie zu beruhigen, wenn das Fieber über sie kommt. Sie bleiben hier, bis geeignete Ehemänner für sie gefunden werden.«

Ich erstarrte. »Bist du deshalb hier?«

»Nein, ich bin eine Waise. Der Ordensbruder hat viele von uns aufgenommen. Kinder liederlicher Frauen. Wir bleiben hier, bis uns das Fieber ereilt, dann sucht der Ordensbruder auch für uns Ehemänner.«

»Hast du das Fieber denn schon erlitten?«

Wieder warf der kastanienbraune Kopf einen Blick in den Gang hinter Hasel. »Ja«, flüsterte sie. »Ich weiß nicht, warum ich dir vertraue, aber ich tue es. Seit letztem Sommer leide ich jeden Mond darunter. Aber ich und ein paar der anderen verbergen es. Eine der jungen Frauen wurde zu einem Ehemann geschickt und ist inzwischen tot. Ich habe den Ordensbruder mit den Wachen darüber reden gehört. Jetzt will keine von uns mehr heiraten.«

»Hasel, du musst mir zuhören. Auch ich entstamme einer Familie von Frauen, die brünstig werden. Ich hätte heiraten sollen, wurde aber von den Grauen entführt, die mich hierher gebracht haben. Sie sind böse, und ich glaube, ich schwebe in Gefahr.« Ich schluckte und hoffte, dass ich mich nicht wie eine Verrückte anhörte. Bis ich meine Gefährten kennengelernt hatte, war ich nie ermutigt worden, über Magie und das Böse zu sprechen. Wenn mir diese junge, behütete Frau nicht glaubte, bestand für mich keine Hoffnung mehr.

»Du nennst sie die Grauen ... meinst du damit die bleichen Wächter? Die merkwürdigen, stillen Männer, die für den Ordensbruder arbeiten?« Angst trat in ihre Züge. Auch sie litt unter den Grauen, wenngleich sie diese Wesen vermutlich nicht so wie ich in ihrer wahren Gestalt sah.

»Ja. Hilfst du mir bitte, mich zu befreien?«

Mit einer Hand an der Tür zögerte sie.

»Ich weiß, das klingt nach Wahnsinn, aber ...«

»Nein«, fiel sie mir ins Wort und kam schließlich näher. »Es ist kein Wahnsinn. Ich hege schon lange den Verdacht, dass der Ordensbruder nichts Gutes im Schilde führt. Ich helfe dir, wenn ich kann.«

»Danke. Sobald ich frei bin, tue ich, was ich kann, um dir zu helfen.«

»Eins nach dem anderen. Ich muss erst eine Möglichkeit finden, dich zu befreien.«

Als sie sich hinkniete und meine Fußfessel untersuchte, schickte ich ein stummes Dankgebet an die Göttin, weil sie mir diese praktische, sanftmütige Gehilfin gesandt hatte.

»Hasel«, ergriff ich das Wort. »Die jungen Frauen, die hier leben – leiden sie alle am Fieber?«

»Ja.« Sie legte die Stirn in Falten. »Manche weniger oft als andere. Meines setzt immer für ein paar Tage um den Vollmond ein. Mir ist es bisher gelungen, die Krankheit zu verbergen, damit mich der Ordensbruder nicht in diesen Raum sperrt.« Eine Tür knarrte. Hasel erschrak und eilte zurück hinaus in den Gang. »Ich muss gehen, aber ich komme wieder, sobald ich kann. Mach's gut, Fleur.«

Die Tür schloss sich mit einem Klicken. Ich sackte zurück auf das Heu.

Hasel, die im Garten spielenden Mädchen und der Rest der jungen, von ihr erwähnten Frauen: Sie waren alle *Holzmouwas*. Die Grauen sammelten sie an diesem Ort. Sie wurden eine nach der anderen von der Brunst befallen und weggesperrt, bis die Grauen kamen, um sie als Bräute zum Totenkönig zu bringen.

Und ich war die Nächste.

Als sich die Tür das nächste Mal öffnete, kam der stämmige Mann in den Roben eines Ordensbruders herein und schleifte Hasel hinter sich her. »Hast du gedacht, ich würde nicht merken, dass du hier herumschnüffelst?«

Er warf sie aufs Heu, und sie stieß einen verängstigten Schrei aus.

»Und du!« Er zeigte auf mich. »Die Männer des Königs kommen dich holen. Du wirst hier nicht mehr lange Unruhe stiften.«

Ich stand mit dem Stab in der Hand auf und rückte vor, so weit es die Kette zuließ. Hasel huschte hinter mich.

Der Ordensbruder zeigte mit einem dicken Finger auf mich. »Sie werden euch beide mitnehmen, und ihr werdet nicht überleben.« Die Tür erzitterte, als er sie hinter sich zuschlug.

»Es tut mir leid, Fleur«, entschuldigte sich Hasel. Ihre Arme wiesen blaue Flecke auf, wo der Grobian sie gezogen hatte, und sie zitterte am ganzen Leib. »Ich habe mein Bestes getan. Ich habe einigen der anderen gesagt, dass du hier festgehalten wirst und dass irgendetwas nicht stimmt. Eine muss dem Ordensbruder verraten haben, dass ich in sein Getränk Kräuter gegeben habe, die schläfrig machen. Jetzt sind sie alle im Schlafsaal eingesperrt, und wir zwei sind hier gefangen.«

»Ist schon gut«, erwiderte ich. »Uns bleibt noch Zeit zum Fliehen.«

Aber als die Strahlen der Sonnen zunehmend schräger durch unser einziges Fenster einfielen, sank meine Hoffnung mit ihr.

Hasel erzählte mir von ihrem Leben im Kloster. Die meiste Zeit verbrachte sie damit, Pflanzen anzubauen oder Kleidung zum Tragen oder zum Verkaufen am Markt zu weben. Die jungen Frauen verstanden sich hervorragend auf Handarbeiten, und alle wussten, wie man Kräuter züchtete. Sie teilte mir die Namen ihrer engsten Freundinnen mit.

»Die meisten von uns sind als Säuglinge ins Waisenhaus gekommen und wurden nach Pflanzen benannt. Ich bin Hasel, und ich bin genauso alt wie Salbei, Engelwurz und Farn. Wir Älteren kümmern uns um die jüngeren Frauen.«

»Das klingt bezaubernd.« Ich ließ die Augen gegen das Licht halb geschlossen, um meinen nach wie vor pochenden Kopf zu schützen. Die Schmerzen schienen mit der Zeit eher schlimmer zu werden, als könnte mein Körper spüren, wie sich die Grauen näherten.

»Unser Leben ist einfach, aber es ist gut. Ich dachte, der Ordensbruder würde für unsere Sicherheit sorgen. Aber ich frage mich schon seit Langem, ob ihm wirklich nur unser Wohl am Herzen liegt.«

Ein beunruhigter Ausdruck huschte über ihre Züge. »Wir hatten hier mal eine junge Frau namens Sari. Als sie anfing, das Fieber zu bekommen, hat sie allen Männern im Dorf schöne Augen gemacht. Sie hat mir anvertraut, dass sie mit einem davon durchbrennen wollte. In der Nacht, in der sie ausreißen wollte, ist sie verschwunden. Ich dachte erst, sie hätte ihren Plan umgesetzt. Aber als ich den Mann dann auf dem Markt getroffen habe, war er niedergeschlagen und allein. Er hat mich nach ihr gefragt, und da wusste ich, dass etwas nicht stimmt.«

»Glaubst du, die Graue sind gekommen und haben sie geholt?« Meine Stimme war nach vielen Stunden ohne etwas zu essen oder zu trinken heiser geworden.

»Keine Ahnung. Ich habe sie schon in der Umgebung gesehen, aber noch nie im Kloster. Ich dachte immer, der Ordensbruder hätte sie als unsere Beschützer angeheuert.« Sie stand auf und lief in der Zelle auf und ab. »Ich habe zu lange blind vertraut. Ich habe darauf gehört, als man uns eingebläut hat, unsere wahre Natur wäre böse und müsste unterdrückt werden.« Ihre Hände ballten sich zu Fäusten. »Hätte ich auf meine Instinkte gehört, hätte ich die Wahrheit früher herausfinden können. Ich hätte Sari retten können. Ich habe meine Schwestern im Stich gelassen.«

Als ich schwere Schritte auf der Treppe vor unserer Zellentür hörte, stemmte ich mich auf die Beine.

»Hasel, falls mir irgendetwas passiert, wenn wir zu diesem ... bösen König gebracht werden, dann versprich mir, dass du tust, was du kannst, um zu überleben.«

Sie kam zu mir und ergriff fest meine Hand. Unterstützte ich sie oder sie mich? »Das kann bestimmt nicht unseren Tod bedeuten.«

»Ich weiß nicht, was es für dich bedeutet«, erwiderte ich, »aber welche Magie dieser böse König auch besitzt, ich werde davon krank. Die bloße Gegenwart seiner Diener schwächt mich.«

»Ich helfe dir.« Sie umarmte mich.

»Nein«, entgegnete ich. »Wenn du dich irgendwie befreien kannst, dann nimm den Stab und renn weg. Er wird dich zu jemandem führen, der dir helfen kann.« Ich konnte nur beten, dass Yseults Werkzeug Hasel wirklich entweder zu der Hexe oder zu den Berserkern führen würde. »Bevor mich die Grauen entführt haben, war ich bei einer Gruppe von Männern – Kriegern –, die mächtig genug sind, um gegen so gut wie alles auf dieser Insel zu bestehen. Drei von ihnen liegt so viel an mir, dass sie mir ihr Leben verschworen haben. Sie werden dir und deinen Freundinnen helfen.«

»Und dir. Sie werden kommen, um dich zu retten«, versicherte mir Hasel. Mir fehlte die Kraft für eine Erwiderung, als die Tür aufschwang.

ls Erstes schlug mir unser Kerkermeister den Stab aus den Händen, bevor er ihn über seinem Knie entzweibrach. Das Holz gab nach wie ein gewöhnlicher Stock, und meine letzte Hoffnung löste sich in Luft auf.

Dann schlug er Hasel, als sie schrie und zu kämpfen versuchte.

»Mir wird entschieden zu wenig bezahlt, um mich mit so etwas herumzuschlagen. Die nächste Unruhestifterin werfe ich einfach aus dem Turm«, murrte er, als er sich uns mit Lumpen und Seil näherte. Mit seiner überlegenen Stärke und Masse gelang es ihm mühelos, uns zu überwältigen und kurzerhand die Hände und Füße zu fesseln, ehe er uns knebelte. Anschließend stülpte er uns Säcke über die Köpfe und trug uns den Turm hinunter, um uns den Grauen zu übergeben. Ich erschlaffte und verlor das Bewusstsein, als die bösen Kreaturen Hand an mich legten. Ihre Magie oder ihr Gestank wogten über mich hinweg wie eine Flutwelle, die mich unter Wasser zog.

Als ich erwachte, lagen Hasel und ich zusammen auf

einem rauen Bretterboden und holperten über eine Straße.
Wir wurden in einem Wagen befördert. Mein Knebel hatte
sich gelockert. Ich rieb den Mund an der Schulter, um ihn
abzustreifen, doch als ich ihn losgeworden war, wusste ich
nichts zu sagen. Hasel schmiegte sich an mich. Ihre Hände
ertasteten hinter meinem Rücken die meinen. Ich war
geschwächt, aber wach genug, um zu bemerken, dass ihre
Finger den Versuch begannen, meine Fesseln zu lösen.

Der Wagen holperte heftig über einen Stein. Ich schlug
mir den Kopf an den Brettern an, und alles wurde wieder
schwarz.

FINGER TASTETEN AN MEINEM KRAGEN. Ich zuckte unwillkürlich davon weg, als ich darum kämpfte, das Bewusstsein
zurückzuerlangen. Mein Körper saß aufrecht so angebunden, dass ich nur den Kopf bewegen konnte.

Ein Grauer versuchte, den Wendelring um meinen Hals
zu entfernen, zischte aber, als das Silber seine Hände
berührte. Sein widerlicher Atem in meinem Gesicht brachte
mich beinah zum Würgen. Auch der Verwesungsgestank
war stärker. Ich fragte mich, ob die Grauen überhaupt wirklich lebten oder längst gestorbene Körper waren, wiederer-
weckt von der schrecklichen Magie des Totenkönigs.

Die Kreatur versuchte weiter, den Wendelring zu ergreifen, und zog sich zurück, als hätte das Silber ihre Haut
verbrannt. Das würde ich mir merken.

Drei Graue versuchten es hintereinander, bis es ihnen
schließlich gelang, den Wendelring zu entfernen. Sie
warfen ihn zu Boden. Der Verlust ließ mich um ein Haar
aufschreien. Mein Körper war nicht nur vom Angriff der
Grauen geschwächt, sondern auch vom Fehlen der Verbin-

dung mit meinen starken Kriegern. Sie waren wie ein Puffer gewesen, der mich gesund und stark genug gemacht hatte, um meine Visionen zu ertragen. Warum hatte ich nur so lange gegen die Bindung angekämpft? Warum hatte ich meine eigene Macht und die ihre so gefürchtet? Hätte ich ihre liebevolle Herrschaft über mich angenommen, würde ich immer noch unter ihrer Obhut aufblühen.

Arne, Erik, versuchte ich es über die Verbindung. *Helft mir.* Wahrscheinlich kam der Hilferuf zu spät, doch ich würde mit dem Wissen sterben, dass ich alles getan hatte, was ich konnte, um ihre Gefährtin zu bleiben.

Die Grauen hatten Hasel und mich an einen feuchten, schwach erhellten Ort gebracht. Als ich den Körper drehen wollte, hielten mich die Fesseln davon ab. Die Seile banden mich in einer Höhle an einen Pfosten auf halbem Weg zwischen dem von Spinnweben verhangenen Eingang und einem großen Haufen von Steinen, der zu einer Steinplatte führte, die ich in meinen Visionen gesehen hatte. Auf der Platte lag ein in Leichentücher gehüllter Körper. Der Stoff war grau vor Alter.

An dem Ort roch es, als hätte ihn seit tausend Jahren keine frische Luft erreicht.

Die Grauen bewegten sich durch die Schatten, schenkten ihren Gefangenen keine Beachtung.

Magie herrschte an diesem Ort, dicht und erstickend. Sie bedeckte mich erdrückend wie Tausende Heuschrecken.

Angesichts der Schmerzen in meinem gequälten Kopf und der vor Magie entsetzlich kribbelnden Haut begrüßte ich den Tod beinah. Er würde eine Gnade sein.

Fast lächelte ich, als ich mir vorstellte, wie mich Arne und Erik brüllend dafür rügen würden, dass ich aufgab. Ich vermeinte sogar, den Widerhall ihrer Stimmen im Kopf zu hören, wie sie meinen Namen riefen und mich aufforderten, zu kämpfen.

Ich konzentrierte mich und hörte Hasel weinen. Die Grauen hatten sie mit einem Seil um den Hals an denselben Pfosten wie mich gebunden. Ihre Füße waren nach wie vor gefesselt, auch ihre Hände hinter dem Rücken, aber nicht das war der Grund für ihr Elend.

»Was ist?«, presste ich mit belegter Stimme hervor.

»Sari. Sie ist hier.«

Die verschwundene junge Frau lag als verrenkte Gestalt am Fuß des Steinhaufens. Einer der Grauen ergriff den Körper am Arm und schleifte ihn weg. Hasel schluchzte lauter. Die Tote sah greis und verschrumpelt aus, die Wangen waren eingefallen, die Gesichtszüge grau. Alles Blut war aus Sari gesaugt worden, und nun brachte der Graue den Leichnam weg, um Platz für uns zu schaffen.

»Was ist das für ein Ort?« Hasel zitterte am ganzen Leib und klang, als versuchte sie, ihr Schluchzen zurückzuhalten. Ich war dankbar, dass meine Mitgefangene bei klarem Verstand zu sein schien und sich bemühte, tapfer zu sein. »Was soll mit uns geschehen?«

Arne hatte mir von dem Ort erzählt, an dem der böse König ruhte. Die Grauen mussten uns in dem Wagen zu ihm gebracht haben. Ich leckte mir über die Lippen und versuchte, im Mund genug Speichel zu sammeln, um zu antworten.

»Sie wollen ihn wiedererwecken.« Dafür würden sie mein Blut und das von Hasel benutzen. Wenn der Totenkönig genug Blut hätte, würde er erwachen, und danach erwartete ihn ein Kloster voller Frauen, die er für noch mehr Macht begatten oder opfern konnte. Alles, was die Hexe fürchtete, würde wahr werden.

Yseult!, rief ich in Gedanken. *Was immer du an Magie besitzt, um mir zu helfen, ich brauche es jetzt.*

Plötzlich hatte ich ein Stück des Stabs in der Hand.

»Hasel«, krächzte ich und versuchte, an meinen Fesseln zu sägen. Ich stach mich mehrmals mit dem gesplitterten Stab, bevor sich Hasel näher zu mir wagte.

»Hier.« Irgendwie gelang es ihr, durch ihre Fesseln zu schneiden. Die Grauen bewegten sich nicht mehr durch die Gruft, wenngleich einige von ihnen neben dem Steinhaufen warteten und starr die verhutzelte Gestalt darauf betrachteten. Uns schenkten sie keine Beachtung, nicht einmal, als Hasel ein leises, triumphierendes Japsen herausrutschte, als sie ihre letzten Fesseln abstreifte.

Sie drückte den Körper an den Pfosten und verbarg ihre befreiten Hände, als sie daran arbeitete, meine Fesseln zu lösen.

»Nicht«, protestierte ich, denn ich fühlte mich zu schwach zum Fliehen. »Geh. Ich lenke sie ab. Nimm den Stab und renn weg.«

»Fleur ...« Sie biss sich auf die Unterlippe. Tränen traten ihr in die Augen. »Ich komme mit Hilfe zurück.«

»Geh«, flüsterte ich ihr zu. Nachdem sie in die Schatten an der Seite der Höhle davongeschlichen war, fing ich an, bei mir zu murmeln.

»Erik, Arne, Gunnr ...« Ich wiederholte ihre Namen immer und immer wieder. Meine Stimme wurde dabei langsam lauter. Heftige Schmerzen pulsierten durch meinen Kopf. Zwei der Grauen, die vor dem Steinhaufen standen, drehten die Köpfe und sahen mich an. Diesmal erzielten ihre stechenden Augen keinerlei Wirkung bei mir.

»Erik, Arne, Gunnr«, sang ich wie eine Hexe bei einem Ritus. Draußen erhob sich ein Zischen: Die Grauen wurden wütend. Ich schloss die Augen und hoffte, Hasel würde entkommen sein. Meine Lippen bildeten weiter die Namen meiner Gefährten.

»Aufhören.«

Ich schlug die Augen auf. Ein Grauer zeigte auf mich, als wollte er einen Zauber wirken. Während ich weiter die Namen meiner Gefährten flüsterte, wartete ich auf Schmerzen, und es kam ... nichts.

»Erik, Arne, Gunnr«, rief ich lauter. Der Graue vor mir zischte, und mehrere der abscheulichen Gestalten kamen herbei, um mich loszubinden. Dann schleiften sie mich zu der Steinplatte.

Mit letzter Kraft schrie ich die Namen meiner Gefährten heraus.

Fleur? Beim Klang von Arnes Stimme in meinem Kopf durchströmte mich Erleichterung.

Ich bin hier. Zum ersten Mal, seit mich die Grauen entführt hatten, fühlte sich mein Kopf völlig klar an.

Wir kommen zu dir. Wir sind nah genug, um dich zu hören und zu spüren – es wird nicht lange dauern, bis wir an deiner Seite sind. Energie brandete durch mich, als meine Männer ihre Macht in die Bindung ergossen. Sie würden mich bis zum letzten Atemzug unterstützen.

Tränen brannten in meinen Augen, als ich erwiderte: *Nein, bleibt weg. Es ist nicht sicher.*

Die Grauen brachten mich näher zu der Steinplatte und der verhüllten Gestalt darauf. Meine Haut kribbelte, als ich erkannte, dass sie sich bewegte. Der Totenkönig erwachte gerade zum Leben.

Meine Füße schleiften über den Boden. Ich fing an, mich zu wehren.

Wie oft müssen wir dir das noch sagen? Wir würden jeder Gefahr trotzen, um an deiner Seite zu sein.

Ich sterbe, sagte ich zu ihnen. *Das ist das Ende.*

Verschwendet euer Leben nicht. Sterben kann ich auch allein.

Kleine Blume. Eine neue Stimme ertönte in meinem Kopf. Sie klang kaum menschlich, trotzdem verstand ich sie klar und deutlich. *Seit wir uns begegnet sind, warst du nicht mehr allein. Du wirst nie allein sein.*

Die Grauen schoben mich dicht zu dem uralten König. Neben dem Körper befanden sich ein Helm, ein Brustpanzer und ein Schwert.

Irgendwie bekam ich einen Arm frei und streckte die Hand nach der Waffe aus.

Halt durch, Fleur, kam von Arne. *Du bist stark. Du bist ein Leben lang ein Ziel dieses Bösen gewesen.*

Unter meinem nackten Arm leckte sich der Kadaver die Lippen. Ich zuckte zurück. Ein Grauer packte mich an der Schulter, hielt mich fest. Die Kreatur hatte ein verheerend scharf aussehendes Messer in der Hand und wollte es mir an die Kehle setzen.

Kämpfe! Eriks Ruf schwoll zu Gebrüll an.

Berserker-Raserei befeuerte meine Glieder. Halb auf die Steinplatte gelehnt verrenkte ich mich und trat nach der messerschwingenden Kreatur. Die Wucht meines Treffers brach meinen Angreifer entzwei. Der vertrocknete, verrottete Körper zerfiel in mehrere Teile, die von anderen Grauen weggeschleift wurden. Weitere Hände griffen nach mir, aber ich knurrte, trat um mich und hielt sie mir vom Leib.

Unter mir rührte sich der Totenkönig. Ein Arm schlang sich um mich.

Ich schrie. Das tote Wesen erwies sich als zu stark. Es zog mich dicht vor sein Gesicht, und die Hände seiner Diener packten mich, hielten mich fest. Ich kämpfte wie besessen. Bei meiner Gegenwehr schrammte meine Hand über das Kettenhemd des uralten Königs.

Mit der Geschwindigkeit einer zuschnappenden

Schlange packte die Kreatur in den Leichentüchern mein Handgelenk und hob es sich an die Lippen.

Schmerz schoss durch mich wie ein Blitz, als das Wesen trank, und mein Geist öffnete die schreckliche Verbindung.

Hallo, meine Braut.

Vor lauter Übelkeit und Blutverlust konnte ich nicht mehr kämpfen. Die Kreatur saugte weiter an meinem Handgelenk, und die böse Verbindung festigte sich.

Raus aus ihrem Kopf, brüllten meine Krieger. *Sie gehört uns.*

Die Kreatur schrak zurück. *Blut wird vergossen,* zischte das Monster.

»Arne«, kreischte ich. »Erik, Gunnr!«

Ich streckte die Hand aus, und plötzlich hielt ich das zweite Stück von Yseults Stab.

Mein Arm schnellte nach hinten, um den angespitzten Pflock in die Brust des Monsters zu rammen.

Es fing mein Handgelenk mit übernatürlich starkem Griff ab.

Wir kommen, Fleur!

Ich riss den Arm weg. Der Totenkönig erwies sich als zu stark, um gegen ihn zu kämpfen. Mit dem Stab nach wie vor in der Hand preschte ich los.

Die Grauen streckten sich nach mir, versuchten, mich zu fangen, aber der Totenkönig stieß einen Schrei aus, und alle seine Diener wankten.

Ich schaffte es gerade rechtzeitig zum Rand der Höhle, um einen riesigen, goldenen Adler zu begrüßen, der vom Himmel herabschwebte.

Fleur!

Arne. Ich taumelte. Die Grauen rückten näher. Vor der Höhle wimmelte es von Hunderten von ihnen.

Lauf! Ich räume einen Weg frei. Arne ging in den Sturzflug und griff an. Adlerkrallen packten die Kreaturen, die mir den Weg versperrten. Mit zwei Flügelschlägen stieg Arne hoch genug auf, um einen zappelnden Grauen auf zwei andere zu werfen und so drei auf einmal auszuschalten.

Ich rannte, huschte hinter Felsblöcke und wich den Grauen aus, als ich auf die Bäume zusteuerte, doch sie schienen so weit weg zu sein. In einem breiten Umkreis zu diesem Ort des Bösen wuchs rein gar nichts.

Vor der Höhle schwärmten die Grauen zu einem großen Haufen aus Schwertern und sonstigen Waffen. Sie bedienten sich daran, bereiteten sich zum Kampf vor. Ein Dickicht aus Speeren hob sich in den Himmel und hielt Arne fern. Ich suchte nach einem Ausweg, aber es waren einfach zu viele Graue, und ihre Ränge zogen sich zusammen.

Eine Gruppe trieb mich an einem großen Felsbrocken in die Enge.

»Bleibt zurück«, brüllte ich mit so heiserer Stimme, dass man mich kaum hören konnte. Ich schwankte auf den Beinen.

Dann pflügte ein Wolf durch die Linie der Grauen. Sein Knurren verursachte mir eine Gänsehaut an den Armen.

Gunnr kämpfte sich an meine Seite. Seine mächtigen Zähne zerfetzten die Kreaturen.

Sie schmecken widerlich und riechen noch schlimmer. Der Wolf hielt inne und bedachte mich mit einem schwermütigen Blick.

Sie sind die Diener des Totenkönigs und selbst kaum mehr als Tote, kam von Arne.

Erik kämpfte sich ebenfalls zu mir durch und zog dabei eine Spur zerstückelter Grauer. Er hatte eine Axt und trug nur einen Lendenschurz. Mit seinem Schlachtruf drosch er die Waffe in die wiederbelebten Toten und heulte seine Wut heraus.

Gunnr kämpfte mit Zähnen und Klauen. Er schnappte nach den Grauen und richtete sich auf die Hinterläufe auf, um sie zurückzutreiben, doch es rückten immer wieder neue nach. Weitere strömten aus den Wäldern zum Höhleneingang und drängten uns gegen den Felsen zurück.

Es sind zu viele. Ich umklammerte mein Stück des Stabs und wünschte, ich hätte eine bessere Waffe.

Wir stehen dir bei, Fleur. Versprich nur, dass du uns nie wieder verlässt.

Nie wieder, gelobte ich. Umzingelt vom Feind stand ich da, mit geschwächtem Körper, von Staub und Spinnweben verdrecktem Haar, zerrissenem Pelzmantel und schmutzigen Stiefeln, nur mit einem gesplitterten, geschnitzten Stab bewaffnet. Aber ich war mit meinen Geliebten zusammen und deshalb glücklicher als je zuvor.

Wir stehen zusammen.

Wir werden vielleicht nicht überleben, aber wir töten, so viele wir können, und wir sterben beim Versuch, dieses Monster zu vernichten.

Es hat mein Blut getrunken. Ich wollte kämpfen, aber ich habe es geweckt.

Kein Wunder, dass die Grauen dich wollten. Du bist mächtig genug, um den Totenkönig zu töten, wenn du mächtig genug bist, um ihn ins Leben zu holen.

Wir stehen dir bei. Das wird eine große Geschichte für die Barden.

Der Kreis der Grauen um uns herum zog sich enger, und die Männer wappneten sich für das letzte Gefecht.

Ein schauerliches Geräusch jagte mir einen Schauder über die Arme.

Was ist das?

Es kam näher, ein mächtiges Geheul, lauter und stärker als der stürmische Wind.

Wölfe?

Erik schüttelte mit einem wilden Grinsen im Gesicht den Kopf. »Berserker.«

Er zog mich an sich.

Das Rudel ist gekommen, meldete Arne.

Die ersten Schockwellen trafen ein, Graue wirbelten durch die Luft. Körperteile prasselten auf ihre Kameraden herab.

Ein Grauer stürmte auf mich zu, und Gunnr schnappte ihn sich.

Durchhalten, sagte Arne. *Sie wenden das Blatt. Die Alphas führen den Angriff an.*

Die uns umzingelnden Grauen drehten sich zum heranbrandenden Feind um. Plötzlich saßen sie in der Falle, eingekeilt zwischen zwei wilden Streitkräften. Mit leisen, zischenden Geräuschen wurden sie in Stücke gerissen.

Aber es kamen immer weitere Diener des Bösen angerannt und nahmen ihre Plätze ein. Erik zog mich auf einen Stein, und ich erblickte das Rudel – etliche Ränge der Berserker, alle in Bestiengestalt. Sie pflügten durch die Reihen der Grauen wie der Bug eines mächtigen Schiffes durch Wasser. Welche Magie die Diener des Totenkönigs auch beseelte, sie feite sie gegen Angst. Dennoch konnten die Grauen nicht gegen die brüllenden Krieger bestehen, die mit der Wildheit ausgehungerter Wölfe angriffen.

»Yseult hat die Wahrheit gesagt. Berserker wurden dafür erschaffen, gegen dieses Übel zu kämpfen«, meinte Erik.

Ich zog an seinem Arm. »Das Rudel. Die anderen wollen euch töten.«

»Ja«, sagte er. »Aber zuerst werden sie uns retten. Lauft!«

Die Grauen formierten sich vor dem Höhleneingang,

um den Totenkönig zu verteidigen. Uns schenkten sie keine Beachtung, als wir zu den Bäumen rannten.

Ein Berserker bäumte sich vor uns auf, und Erik schob mich hinter sich. Der tätowierte Krieger griff an, warf sich gegen das geifernde Ungetüm. Mit wilder Kraft schleuderte er den gegnerischen Berserker in ein Knäuel der Grauen. Der Berserker fing an, stattdessen gegen sie zu kämpfen.

»Fleur, lauf!« Erik zeigte mit bluttriefenden Klauen in Richtung des Walds. Ich gehorchte, humpelte vor Erschöpfung, bis der schwarze Wolf vor mich lief und stehen blieb.

Steig auf, befahl Gunnr.

Ich klammerte mich an seinem Fell fest, schwang mich auf ihn und ritt auf ihm zum Wald.

Hinter uns wurde Erik von weiteren Berserkern bedrängt. Arne fegte herab und lenkte sie ab, Erik rannte weg.

Sie müssen gegen die Grauen kämpfen, nicht gegen uns, dachte ich frustriert. Mein Mund war zu trocken zum Sprechen.

Ihre Bestien wissen nichts von jener Schlacht, kam von Gunnr. *Und mehr als den Sieg über etwas Böses, das sie nicht verstehen, wollen sie dich besitzen.*

Ich klammerte mich stärker an seinem Fell fest, als er in den Wald raste.

Hinter uns ertönte ein gewaltiger Lärm. Das Geräusch herabfallender Steine drang mir an die Ohren.

Die Höhle ist eingestürzt, berichtete Arne.

Staub wogte über die kämpfenden Gestalten.

Vielleicht wird der Totenkönig zerschmettert.

Die Krieger sagten nichts. Ihre Antwort lag in dem grimmigen Schweigen, das folgte. Nicht einmal Yseult wusste, was den Totenkönig zu töten vermochte.

Die Alphas fordern alle auf, unserer Spur zu folgen, warnte Arne, während Gunnr mit mir auf dem Rücken flüchtete.

Erik schloss in einem Dickicht zu uns auf.

»Ich nehme sie.« Er hob mich hoch. »Ich bringe sie ins Lager.«

»Sie muss versorgt werden«, sagte Arne zu ihm.

»Nein«, widersprach ich mit trockener Kehle. »Wir müssen flüchten.«

»Still«, kam von Erik. Er duckte sich unter dicken Kiefernästen hindurch. »Wir wissen, was du brauchst.«

Ich musterte ihn, während er wie ein Besessener eine eigene Schneise durch das Unterholz zog. Er wirkte niedergeschlagen und müde, aber seine Augen loderten golden.

Wie habt ihr mich gefunden?

»Zuerst hast du uns nicht gerufen«, rügte er mich. »Wir haben gewartet und die Gegend abgesucht. Als Arne klargeworden ist, dass dich die grauen Männer geholt haben müssen, wussten wir, du würdest dort auftauchen, wo er die Ballung des Bösen gespürt hatte. Wir sind sofort hergekommen und wären noch schneller gewesen, aber wir mussten dem Rudel ausweichen.«

Es tut mir leid.

»Es ist vorbei, Mädchen. Und es wird nie wieder vorkommen.«

Wir gelangten zu einem Bach und folgten seinem Verlauf zu einem Wasserfall.

»Da«, sagte er und führte mich zum Ufer. Er bildete mit den Händen eine Schale und hob mir Wasser an die Lippen. »Trink.«

Begierig schluckte ich, so viel ich konnte, und er wiederholte den Vorgang noch zweimal, bevor ich sprechen konnte.

Als er zum vierten Mal Wasser an meine Lippen hob, schüttelte ich den Kopf.

»Mehr«, beharrte er. »Du siehst wie eine Tote aus. Aber du hast den Kampf überlebt.«

Ich dachte, ich hätte meinen eigenen Tod gesehen, aber es war der Totenkönig.

»Du wärst um ein Haar gestorben«, erinnerte er mich. »Aber jetzt bist du wieder in Sicherheit. Trink noch etwas für mich, und ich zünde ein Feuer an, um Brühe zu kochen. Ich werde dich bald baden.«

»Dafür ist keine Zeit«, entgegnete ich. »Ihr müsst fliehen.«

»Wir verlassen dich nicht und du verlässt uns nicht, selbst wenn ich dich wieder fesseln muss.«

Nachdem ich genug getrunken hatte, trug mich Erik zum Bettzeug.

»Erik ...«

Drohend hob er das Seil an, und ich sackte zurück.

»Nein, ich benehme mich.«

»Braves Mädchen.« Er reichte mir einen Schlauch mit Met. »Trink langsam etwas davon. Arne und Gunnr kundschaften und beschützen uns. Sie werden versuchen, das Rudel in die Irre zu führen.«

Während ich trank, entfachte er ein kleines Feuer und erwärmte Wasser.

Blinzelnd erwachte ich, als er mir mit einem warmen Tuch das Gesicht abtupfte.

»Du bist noch nicht versorgt.«

Behutsam wusch er mich und schmierte mir Öl auf die rissigen Lippen.

Ich erzählte ihm von meinen Erlebnissen ohne sie. »Da ist eine junge Frau, Hasel. Die Grauen haben sie zusammen mit mir aus dem Kloster geholt. Sie ist losgerannt, um Hilfe zu holen.«

»Das Rudel wird sie finden.«

»Sie wird verängstigt sein.«

»Sie wird feststellen, dass sie nichts zu befürchten hat.«

Angesichts der Zärtlichkeit in seiner Stimme lehnte ich mich an seine Handfläche.

»Es tut mir leid, dass ich weggerannt bin«, entschuldigte ich mich bei ihm.

Er streichelte mein Haar.

»Jetzt bist du in Sicherheit. Wir kümmern uns um dich.«

Am Himmel verdichteten sich Sturmwolken. In der Ferne zuckten Blitze und grollte Donner aus der Richtung des Orts, den wir unlängst verlassen hatten. Die Bäume neigten sich im Wind.

»Im Wind liegt etwas Böses. Der Totenkönig lebt noch, und er wird seine Streitkräfte scharen, um seine Stärke zurückzuerlangen. Es ist gefährlich, hier zu bleiben. Wir schaffen dich weg.«

»Nein, das übernehmen wir.«

Ich erschrak ob der fremden Stimme.

Einer der Alphas kam zwischen den Bäumen hervor. Erik erhob sich, verharrte jedoch mit den Händen an den Seiten.

Erik, lauf!, rief ich.

»Nein, Fleur. Bleib ruhig.«

Wild sah ich mich um, doch wir waren umzingelt.

11

»Ergreift ihn«, befahl der Alpha knurrend.

»Nein!« Mein Ruf ging im Grollen der anderen Berserker unter.

Zwei Krieger packten Erik.

»Aufhören!« Ich griff mir das Stück von Yseults Stab und stemmte mich auf die Beine.

Ein Berserker streckte sich nach mir. Ich schrak zurück, bereit, auf ihn einzustechen.

Ein Adler stieß einen Schrei aus, landete in der Nähe und verwandelte sich in Arne.

»Rührt sie nicht an!«, brüllte er, bevor ihn die Berserker umringten.

»Geht es dir gut, Fleur?«, fragte mich der Alpha.

»Hör mir zu«, forderte ich ihn auf. »Diese Männer sind meine Gefährten. Ihr könnt sie nicht töten.«

»Sie haben sich genommen, was ihnen nicht gehört. Wir werden eine Anhörung abhalten, dann darfst du sprechen.«

Bleib ruhig, Fleur. Wir haben einen Plan.

Laut sagte Erik: »Du hast unser Wort, Alpha. Wir

werden nicht fliehen. Aber Fleur muss weg von diesem Ort des Bösen.«

Nach einiger Überlegung fertigten die beiden Alphas eine Trage für mich an und trugen mich höchstpersönlich. Meine Gefährten verschwanden, umzingelt vom Rest des Rudels.

Gunnr hatte sich davongestohlen. Arne konnte sich befreien, indem er sich in einen Adler verwandelte, aber was war mit Erik?

Kein Wegrennen mehr, sagte Arne.

»Geht es dir gut, Fleur?«, fragte mich einer der Alpha-Gefährten von Brenna. »Haben dich die abtrünnigen Krieger verletzt?«

»Sie haben für mich gesorgt. Sie haben mich geliebt. Sie haben nichts falsch gemacht.«

Er runzelte die Stirn. »Du siehst nicht gut aus.«

Auf der Trage schaukelnd erklärte ich den Alphas alles, was ich über den Totenkönig, die Grauen und meine Erlebnisse aus der Gruft wusste.

Genug geredet, schalt mich Arne. *Du musst dich ausruhen.*

Ich werde nicht zulassen, dass sie euch töten.

Du hast ihnen viel zum Nachdenken gegeben. Lass sie grübeln, während du schläfst und wieder zu Kräften kommst.

Ich schloss die Augen, ließ mich von den Stimmen meiner Gefährten einlullen. Die Alphas beschleunigten die Schritte und rannten vor einem seltsamen Geheul in den Bäumen weg, einer zornigen Stimme, die uns dafür strafte, dass sie ihrer Beute beraubt worden war.

ICH ERWACHTE IN DER HÜTTE, umgeben von meinen Schwestern.

»Fleur!«, riefen Sabine und Muriel.

Sobald ich genug getrunken hatte, um die Kehle zu befeuchten, fragte ich: »Wo sind Arne und Erik?« Ich hatte versucht, sie über die Bindung zu erreichen, und hatte keine Antwort erhalten. Soweit ich wusste, war Gunnr entkommen und hielt sich fern.

Sabine presste die Lippen zusammen.

»Ich muss sie sehen.« Ohne auf die Proteste meiner Schwestern zu achten, stemmte ich mich hoch. Ich rannte aus der Hütte und blieb stehen, als ich zwei hünenhafte Wächter erblickte.

»Wo sind meine Gefährten?«, verlangte ich zu erfahren, scherte mich nicht mehr darum, ob mich das Rudel wegen Anmaßung bestrafen würde.

»Die Verräter stehen unter Bewachung. Sie werden gerade bestraft«, brummte einer.

»Komm zurück, Fleur.« Sabine schlang die Arme um mich. Auf schwachen Gliedern wankend ließ ich mich zurück hineinführen.

»Ich will sie sehen. Sind sie verletzt?«

»Berserker heilen schnell. Und sie spüren nur wenig Schmerz«, sagte Muriel.

»Das ist nicht fair.«

»Komm, iss und trink. Wir haben Wasser für dich zum Baden.«

Sobald ich meine Kraft erneuert hatte, zog ich saubere Kleidung sowie den Pelzmantel und die Stiefel an. Auf dem Boden entdeckte ich eine Adlerfeder, die ich mir ins Haar steckte. So geschmückt weigerte ich mich, noch mehr zu essen oder zu trinken, bevor ich meine Gefährten gesehen hätte.

Muriels Gefährten begleiteten mich zu den Alphas.

Die Luft war immer noch frostig, als wäre der Hochsommer vor der Macht des Totenkönigs geflohen.

Einer der mit Brenna gepaarten Alphas hatte den Vorsitz. Ein kräftiger, blonder Wikinger, der als der Weiseste der Berserker galt.

Ich marschierte geradewegs vor ihn hin. »Du musst meine Gefährten freilassen. Du darfst uns nicht trennen. Ohne sie sterbe ich.«

»Du wärst fast mit ihnen gestorben«, brummte der zweite Alpha.

»Erkläre dich, Fleur«, forderte mich der Blonde auf.

»Wir sind verbunden. So haben sie mich gefunden, als mich die Diener des Totenkönigs entführt haben.«

»Und wie konnte dich der Totenkönig überhaupt erst entführen?«

»Ich war töricht und bin weggegangen. Das wird nie wieder vorkommen.«

Die Alphas wechselten einen Blick.

»Ihr habt gesagt, ich kann wählen.« Ich ballte an den Seiten die Hände zu Fäusten, um die beiden nicht anzubrüllen. »Ich wähle sie.«

»Fleur.« Der Alpha seufzte. »Diese Krieger sind unbeherrscht. Wir haben befürchtet, sie könnten dich entführen, und das haben sie getan.«

»Ich gehöre zu ihnen«, flüsterte ich.

»Das Rudel verlangt einen Beweis für die Bindung.«

Was können wir als Beweis anbieten? Ich entsandte die Sinne zu meinen Gefährten, hörte aber nichts. Panik musste über mein Gesicht gehuscht sein, denn der Alpha beugte sich vor.

»Es tut mir leid, Fleur …«

»Ihr könnt sie mir nicht vorenthalten!«, rief ich. Samuel

gab ein Zeichen, und der andere Alpha setzte dazu an, mich zu ergreifen.

»Halt!«, ertönte eine Stimme. »Du wirst sie nicht anrühren.«

Der Alpha runzelte die Stirn, wich aber zurück.

Fleur, bleib ruhig. Ich bin hier. Die merkwürdig vertraute Stimme ließ mich innehalten. Ein schwarzhaariger Mann drängte sich durch die dichten Ränge der Krieger. Sein Haar und Bart waren lang und zottig, und er trug nur ein Fell über die Schultern und einen Lendenschurz um die Mitte.

»Wer ist das?« Samuel richtete sich auf.

»Ich erkenne ihn nicht«, murmelte der andere Alpha.

»Ich auch nicht«, sagte Muriels Gefährte.

Ich setzte mich enthusiastisch in Bewegung, und die Krieger um mich herum teilten ihre Ränge für mich, wenngleich sie dem fremden Wolf den Weg versperrten. »Bitte.« Ich streckte mich nach meinem Gefährten. »Lasst ihn durch.«

Der blonde Alpha gab erneut ein Zeichen, und die Wölfe zogen ihre Waffen zurück.

Gunnr drängte vorwärts, und ich eilte ihm entgegen. Er hob mich in seine Arme, und ich wusste, dass ich ihre Berührung schon gespürt hatte, wenn auch nur in meinen Träumen.

»Ich erkenne dein Gesicht«, flüsterte ich ihm zu. »Ich habe von dir geträumt.«

»Und ich von dir.« Gunnr drückte die Stirn an meine. »Gräme dich nicht, kleine Blume. Alle deine Gefährten werden zu dir zurückkehren.«

»Wer bist du?«, fragte der Alpha, und Gunnr drehte sich ihm zu.

»Ich, der einst ein Wolf war. Ich bin ein Mann.«

»Du hast gesagt, ich könnte wählen«, wiederholte ich an den Alpha gewandt. »Also wähle ich Gunnr, Arne und Erik.«

»Die Bindung funktioniert«, sagte Muriels Gefährte. »Diese drei Kriegerbrüder sind geheilt.«

»Das Rudel wird das nicht für fair halten«, gab der andere Alpha zu bedenken.

»Das Rudel wird zu beschäftigt damit sein, ein Kloster voller *Holzmouwas* vor dem Totenkönig zu retten«, sagte Gunnr.

»Was?«, entfuhr es mehreren Kriegern gleichzeitig. »Es gibt noch mehr *Holzmouwas*? Alpha, ist das wahr?«

Samuel seufzte. »Wir haben Kundschafter entsandt, aber dem Rudel noch nichts von dieser Möglichkeit gesagt.«

Ein stämmiger Krieger trat näher zum Thron des blonden Alphas. »Wenn es Frauen für uns gibt, dann wollen wir das wissen.«

»Vor allem, wenn sie von diesem Übel bedroht werden«, fügte ein anderer hinzu.

»Entsende uns, um sie zu retten, Alpha«, brummte ein Dritter. »Wir sind bereit.«

Samuel hob die Hand. »Genug. Ich bin bereit, das Rudel zu entsenden, um diese Frauen vor ihrem Schicksal zu bewahren. Rolf, Leif, Brokk«, wandte er sich an die drei Krieger, die ihn bedrängten. »Ihr führt den Angriff an.« Er erzählte den versammelten Kriegern von der Vergangenheit des Totenkönigs und der schrecklichen Quelle seiner Macht. »Er hat seine Diener nah und fern verteilt, um Frauen zur Vorbereitung seiner Rückkehr zu sammeln. Deshalb haben sie Fleur und ihre Schwestern behelligt. Wahrscheinlich hätten sie sich die Geschwister auch geholt, wenn Fleur nicht so lang Widerstand geleistet hätte.«

»Also ist es wahr?«, fragte Rolf. »Es gibt ein ganzes

Kloster voll mit Frauen, die Gefährten für die Berserker werden könnten?«

»Es ist wahr«, ergriff ich das Wort. »Ich war dort. Meine Freundin Hasel wird euch alles erklären, sobald sie gefunden wird.«

»Hasel?«, sagte Leif und lachte. »So heißt das kleine Kaninchen, das Knut auf der Flucht vor der Höhle erwischt hat.«

Samuel sah mich an. »Eine junge Frau mit einem Teil des Stabs der Hexe – ist das deine Freundin?«

»Ja«, bestätigte ich. »Ist sie in Sicherheit?«

Alle Krieger wirkten belustigt. »Ist sie«, antwortete Leif. »Knut vielleicht weniger, sie macht ihm nämlich das Leben ziemlich schwer. Sie hat mehrfach versucht, ihn zu stechen.«

»Sie wird sich beruhigen, wenn sie mich sieht. Ich werde ihr sagen, sie soll sich nicht so sehr wehren«, meinte ich.

»Aber die Gegenwehr ist doch der halbe Spaß.« Einer der Alphas grinste und stupste seine Gefährtin Sabine, die ihm einen verspielten Klaps gab.

Gunnr schenkte mir ein stummes Lächeln.

»Wenn alle Frauen im Kloster wie sie sind, gibt es reichlich würdige Berserker-Bräute«, dachte Samuel laut nach. »Das gesamte Rudel könnte bis zur Wintersonnenwende gepaart sein.«

»Ihr müsst schnell handeln«, warf Gunnr ein. »Schon bald werden die Grauen auch diese Frauen holen.«

Jeder Krieger auf der Lichtung richtete sich auf. Mehrere legten die Hände an die Waffen.

»Na schön.« Samuel nickte und gab Rolf, Leif und Brokk ein Zeichen. »Lasst uns die Rettung planen. Holt diese Hasel her, dann beratschlagen wir mit ihr den bestmöglichen Angriffsplan.«

»Alpha«, sagte Gunnr leise.

»Ja.« Samuel lächelte und drehte sich mir zu. »Fleur, mit deiner Tapferkeit hast du dir deine Gefährten verdient. Gunnr, bring sie nach Hause.«

~

GUNNR VERLOR keine Zeit und trug mich den Berg hinunter zur Hütte.

»Wo sind Arne und Erik?«, fragte ich.

»Kommen bald. Das Rudel hat sie weit weggebracht, weiter weg, als die Bindung uns miteinander sprechen lässt.«

»Warum?«

»Sie wurden damit als Buße für unsere Sünden bestraft.«

»Was?«

»Keine Sorge, Fleur. Es geht ihnen gut, und sie kehren in diesem Augenblick zu uns zurück.« Als die Hütte in Sicht geriet, beschleunigte er die Schritte. »In der Zwischenzeit möchte ich unbedingt etwas tun.« Noch während er die Tür auftrat, eroberte er meinen Mund. Meine Schwestern hatten den Ort mit Blumen für meine Rückkehr geschmückt verlassen. In der Feuerstelle brannte duftendes Holz.

Gunnr steuerte geradewegs aufs Bett zu und legte mich hin.

»Gunnr ...« Ich schnappte nach Luft, als sein Mund tiefer wanderte. »Sollten wir nicht auf die anderen warten?«

»Nein«, antwortete er und küsste sich rasch den Weg von meiner Kieferpartie zu meinen Brüsten.

Schon bald hörte ich auf zu klagen. Mein Körper krümmte sich bereitwillig unter ihm.

»Schnell, schnell.« Ich zog seinen Lendenschurz weg und nahm seine heiße Länge in die Hand.

»Langsam«, stieß er stöhnend hervor. »Ich muss vorsichtig sein.«

»Nein«, widersprach ich, massierte mit einer Hand seinen Prügel und fummelte mit der anderen an meinen Röcken.

Gunnr ergriff meine beiden Handgelenke und platzierte sie mit festem Griff neben meinen Schultern auf dem Bett.

»Darauf habe ich mein Leben lang gewartet«, sagte er zu mir. »Wir tun es in meinem Takt.«

»Gunnr.« Mein Herz krampfte sich zusammen.

»Lass mich dich ansehen.« Er wich zurück.

Ich betrachtete ihn, während er mich betrachtete. Genau dort, wo der Wolf einen weißen Fleck an der Schnauze gehabt hatte, prangte eine Narbe in seinem Gesicht.

Quälend langsam zog er meine Beine auseinander. Ich war so bereit für ihn, dass die Säfte aus meiner Mitte liefen.

Er bedeckte mich mit seinem Körper.

»Bitte.« Meine Beine schlangen sich um seine Hüften. »Ich brauche dich.«

Schweißperlen erschienen auf seiner Stirn, als er langsam in mich sank.

»Es ist zu viel. Ich kann es nicht langsam tun«, stieß er keuchend hervor.

»Das will ich auch nicht«, sagte ich, und als er die Bewegungen zunehmend beschleunigte, bäumte ich mich auf und biss ihn, schmeckte Blut auf den Lippen.

»Kleine Wölfin.« Er lächelte. Dann wickelte er mein Haar um eine Hand und zog meinen Kopf zurück. Er senkte sich herab und bohrte die Fänge in meinen Hals.

Heiß lodernde Ekstase fegte durch mich hindurch. Ich

japste durch meinen Höhepunkt und erkannte erst danach, dass auch er den seinen gehabt hatte.

»Noch mal?«

Er schmunzelte. »Mein Kriegerbrüder warten draußen. Sie wollten, dass wir zusammen sein können. Bist du bereit, uns alle drei aufzunehmen?«

Ich krallte die Hände in sein Haar, wie ich sie früher in sein Fell gekrallt hatte.

»Ja.« Ich küsste ihn.

Arne und Erik näherten sich bereits nackt zu meinen beiden Seiten. Was immer sie an Wunden erlitten gehabt hatten, war bereits verheilt. Mein Körper fühlte sich geladen und bereit. Die Macht meiner Berserker-Gefährten durchströmte mich.

Gunnr brachte mich so in Position, dass ich mich rittlings auf ihm befand. Seine großen Hände lösten sich nie von meinem Körper, als könnte er es nicht ertragen, den Hautkontakt aufzugeben.

Arne kniete sich aufs Bett und fügte beruhigende Liebkosungen auf meinem Rücken hinzu, bevor er mich nach unten drückte. Erik knetete meinen Hintern, ehe er Öl in die Ritze zwischen meinen Pobacken träufelte. Sein Finger schob sich in meine hintere Spalte und wand sich in die dunkle Öffnung.

»Eng«, stellte Erik fest. »Sie ist nicht bereit.«

Ich knurrte ihn an.

»Du kannst von Glück reden, wenn wir dich den Stöpsel nicht Tag und Nacht tragen lassen, bis du dich an Gehorsam erinnerst.« Warnend legte er die Hand auf meine Pobacke und kniff sie. »Du bist uns ausgebüxt. Dafür wirst du bestraft.«

»Aber nicht jetzt«, fügte Arne hinzu. »Wenn du deine Kraft zurückerlangt hast.«

»Vielleicht ist sie jetzt nicht stark genug für uns alle auf einmal«, meinte Gunnr.

»Doch, bin ich«, widersprach ich, verrenkte mich, packte sowohl Arne als auch Erik am Arm und senkte gleichzeitig das Gewicht auf Gunnr, der unter mir lag. »Bitte nehmt mich, meine Geliebten. Meine Gefährten.«

»Na schön«, sagte Erik in hänselndem Ton und kniete sich seitlich von mir aufs Bett. Seine Härte stand von seinen schmalen Hüften ab und wippte verführerisch. »Aber nur, wenn du sehr, sehr brav bist.«

»Das bin ich, versprochen.«

Arne wies mich mit einer Hand auf meinem Rücken und einem strengen Befehl an: »Lutsch ihn.«

Ich bückte mich und nahm Eriks Schaft in den Mund, leckte ihn und schmeckte ihn, so gut ich konnte.

»Jetzt ihn«, befahl Erik.

Mit Händen in meinem Haar führten mich die Krieger von einer Mannespracht zur anderen, während sich meine Hüften wiegten und meine begierige Scham über Gunnrs festen Körper glitt.

»Genug«, meldete sich Gunnr zu Wort und rollte sich so herum, dass ich mich unter ihm befand. Ohne Vorwarnung pfählte er mich mit seinem nach wie vor steinharten Prügel.

Arne und Erik rutschten auf den Knien näher, um an meinen Brüsten zu spielen, jeder mit dem steifen Schaft in einer Hand. Ich massierte ihre riesigen Glieder, während Gunnr in mich stieß. Die Hütte füllte sich mit dem durchdringenden Geruch unserer Erregung. Schließlich spannten sich meine inneren Muskeln an und zogen Gunnr noch tiefer in mich.

Meine Höhepunkt schwappte erneut über mir zusammen, als sie alle mich mit ihrem Samen bespritzten.

12

Zwei Tage lang wütete ein seltsamer Sturm über der Mitte der Insel. Die Kundschafter des Rudels berichteten, dass er sich über dem Ort des Totenkönigs ballte. Das gesamte Rudel bereitete sich auf eine weitere Schlacht vor, uns vier jedoch ließen die anderen in Ruhe. Arne und Erik erwähnten mit keinem Wort, wie das Rudel sie bestraft hatte. Aber anscheinend hatten sie so sehr gelitten, dass sie keine gedankliche Verbindung mit mir herstellten, weil sie den Schmerz nicht über sie in mich fließen lassen wollten.

»Dem Rudelgesetz muss Genüge getan werden. Jedem Wolf, der Grenzen überschreitet, blüht Bestrafung oder Verbannung«, erklärte mir Gunnr. »Das haben wir gewusst, als wir dich entführt haben.«

»Wirst auch du bestraft?«, fragte ich ihn.

»Nein«, antwortete er. »So lange ein Wolf zu sein, wie ich es war, ist Bestrafung genug.«

Ich hatte jede Nacht in seinen Armen geschlafen. Meine Gefährten umsorgten mich wie zuvor, und ich blühte wieder auf.

Hasel kam mich besuchen. Sie war vor den Grauen gerettet worden, und ein riesiger blonder Krieger namens Knut hatte Anspruch auf sie erhoben. Daran, wie der große Berserker sie ansah und sie ihn, wusste ich, dass sie gepaart waren.

»Fleur, ich bin ja so froh, dich zu sehen. Man hat mir gesagt, dass du gerettet worden bist. Ich habe deine Schwestern kennengelernt«, erzählte sie mir überstürzt und umarmte mich innig. »Ich war mir nicht sicher, ob du überleben würdest«, flüsterte sie mir ins Ohr.

»Das wusste ich selbst nicht«, erwiderte ich. »Aber meine Gefährten haben die Suche nach mir nie aufgegeben.«

»Du siehst viel, viel besser aus«, befand sie.

»Wir kümmern uns gut um sie«, brummte Arne.

Erik zog an meinem Zopf. »Wir lassen sie nicht noch einmal weglaufen.«

»Gut«, sagte Hasel, dann neigte sie den Kopf erneut nah zu mir. »Keine Ahnung, wie du mit drei Gefährten zurechtkommst. Ich finde es schon mit einem schwierig.« Sie zog sich zurück und begegnete verunsichert meinem Blick, und ich beschloss, ich würde für eine Nacht alle meine Männer aus der Hütte werfen und alle meine Schwestern zusammen mit Hasel einladen, um untereinander Geheimnisse über den Umgang mit unseren großen Gefährten auszutauschen.

»Schwierig, aber lohnend.« Knut ragte über Hasel auf und streichelte ihre Schultern mit seinen riesigen, von unzähligen Kämpfen zernarbten Händen.

Sie lächelte zu ihm hoch und legte eine Hand auf die seine, und da wusste ich, es würde ihr bei ihm gutgehen.

»Die Alphas haben entschieden, die Frauen im Kloster zu retten«, teilte mir Arne mit, nachdem Hasel und ihr Gefährte gegangen waren. »Ein Großteil des Rudels macht sich in diesem Augenblick bereit für die *Holzmouwas*. Die Berserker können es kaum erwarten, Anspruch auf ihre Gefährtinnen zu erheben.«

»Die Frauen werden Zeit brauchen, um sich an das Rudelleben zu gewöhnen. Sie werden sich fürchten.«

»Wir zweifeln nicht daran, dass du und deine Schwestern sie begrüßen und ihre Befürchtungen zerstreuen werden«, sagte Arne. »Aber solche Dinge nehmen ihren Verlauf.«

Ich hoffte, die Berserker würden nicht in das Kloster stürmen und alle Frauen so davontragen, wie es meine Gefährten mit mir gemacht hatten. Dennoch musste ich ihm recht geben.

Wieder zupfte Erik an meinem Zopf. »Du fühlst dich doch viel besser, Fleur, nicht wahr?«

»Ja.« Ich runzelte die Stirn und wetzte auf meinem mit dem Stöpsel versehenen Hintern. Erik hatte an diesem Morgen darauf bestanden, mir die Knolle aus Holz einzusetzen. Ich konnte nicht ignorieren, wie gedehnt und ausgefüllt ich mich fühlte. Schon zu sitzen, war schlimm genug, zu gehen jedoch noch schlimmer – ich kam mir vor, als würde ich watscheln. Wann immer mich die Männer ansahen, errötete ich.

»Wir haben entschieden, dass es dir gut genug für deine Bestrafung geht.« Erik grinste mich an.

»Oh nein.« Ich wollte fliehen, aber tätowierte Arme hoben mich mühelos hoch.

Er hielt mich fest, während Arne und Gunnr mich rasch fesselten.

Ich endete mit dem Gesicht nach unten und über den Kopf ausgestreckten Armen. Sie banden mir die Waden an die Oberschenkel wie damals, als sie mich zu ihrem kleinen Haustier gemacht hatten.

Ich knurrte in die Felle, und einer klatschte mir auf den Hintern, bevor er meine unteren Lippen streichelte. Ein Schlag, ein Streicheln, ein Schlag, ein Streicheln, bis ich hemmungslos keuchte.

»Weißt du, warum wir dich auf diese Weise bestrafen?« Erik klopfte auf den Stöpsel, und mir entfuhr ein spitzer Aufschrei. »Weil du mit einem wunden und gestöpselten Hintern nicht vergessen kannst, wem du gehörst.«

Ich schnaubte, und Erik versohlte mich noch einmal, bevor er ging, damit Gunnr seinen Platz einnehmen konnte.

»Jetzt bin ich damit an der Reihe, dich zu bestrafen«, kündigte Gunnr an. Er spielte mit dem Stöpsel, drückte ihn und drehte ihn in meinem Hintern, bis mein Gesicht loderte und meine Scham triefte.

»Bitte«, flehte ich leise.

»Ich habe dich noch nicht mal angefasst.«

»Sie ist feucht vor Verlegenheit«, berichtete Erik.

»Hier, Fleur.« Arne kniete sich mit einem silbernen Reif in den Händen vor mich hin. »Dieser Wendelring wird um deinen Hals angebracht. Er kann nur von unseren Händen entfernt werden.« Arne befestigte ihn an mir.

»Jetzt können wir dir eine Leine anlegen und dich vor dem gesamten Rudel herumführen«, zog mich Erik auf.

»Das wagt ihr nicht«, wimmerte ich.

Gunnr antwortete für ihn, indem er erst auf eine, dann auf die andere meiner Hinterbacken klatschte. Er züchtigte mich, bis ich mich krümmte, dann massierte er das Brennen weg.

»Braves Mädchen«, murmelte er. »Jetzt zu deiner wahren Bestrafung.«

Ein schnappendes Geräusch ertönte, und ein stechender Schmerz flammte an meinem Hintern auf wie der Stich einer Wespe. Ich stieß einen spitzen Schrei aus und hechtete mit einem Ruck nach vorn auf die Felle.

»Oh nein.« Arne drehte mich herum und hielt meinen Oberkörper fest. Erik band meine Beine in gespreizter Haltung fest.

Ich stellte die Fesseln auf die Probe. Meine Beine zerrten daran, als sich Gunnr mit einem langen Stock näherte, an dessen Ende ein Stück Leder prangte.

Er klatschte damit gegen die Innenseite meines rechten Schenkels und runzelte die Stirn. »Das hinterlässt ein Mal.« Von der Lederlasche blieb ein kleiner roter Fleck an der empfindlichen Innenseite meines Schenkels zurück. »Das gefällt mir nicht.«

»Mir schon«, sagte Erik. »Mir gefallen unsere Male an ihr. Dadurch und durch den Stöpsel wird sie das Gefühl haben, ganz uns zu gehören, nicht wahr, Fleur?«

Der tätowierte Krieger riss die Gerte an sich und schlug mir auf den anderen Schenkel.

Ich zuckte zusammen.

»Ich habe gesagt, dass es mir nicht gefällt, Male zu hinterlassen.« Gunnr nahm ihm die Gerte weg.

»Die vergehen«, beschwichtigte Arne.

»Bitte nicht mehr«, sagte ich.

»Du warst sehr ungezogen, Fleur.« Erik wackelte mit einem Finger vor mir. »Du verdienst das.«

»Wir müssen sie bestrafen«, meinte Arne zu Gunnr. »Die Bestie verlangt es.«

Gunnr spielte mit dem kleinen Stück Leder am Ende des Stocks.

»Du hast die Wahl, Fleur. Ich kann entweder das hier benutzen, um dich zu zeichnen, bis du deinen Platz begreifst, oder wir lassen dich so angebunden« – er benutzte die Gerte, um auf meine gefesselten Beine zu zeigen – »und spielen mit dir wie mit einem Haustier. Du wirst dabei nicht kommen.«

Meine Scham pulsierte sehnsüchtig trotz – oder gerade wegen – der Schmerzen. »Bitte bestraf mich damit«, erwiderte ich. »Das kann ich ertragen.«

»Braves Mädchen.« Erik rieb sich die Hände. »Lass mich.«

Zögerlich reichte ihm Gunnr die Gerte. Erik setzte sie über meiner nässenden Spalte an.

Scharf atmete ich ein. *Bitte sei sanft.*

»Wird er sein«, brummte Arne unter mir. »Wir würden dich niemals wirklich verletzen.«

Das Leder schwebte über meiner Mitte.

»Atme, Fleur«, forderte mich Erik streng auf und wartete, bis ich es tat. Dann benutzte er das Leder, um über meine Schamlippen zu reiben.

Ich seufzte.

»Siehst du? Wir können dir sowohl Schmerz als auch Lust bescheren. Oder beides.« Er tippte mit der Gerte auf meine Pforte. Die Berührungen wurden schneller und stärker.

»Siehst du?«, meinte Erik zu Gunnr.

»Ja, jetzt schon.« Gunnr nahm die Gerte zurück. »Tief atmen, Fleur.« Er klatschte mit der Gerte noch schneller auf meine unteren Lippen, ließ sie rot und geschwollen werden. Hitze bündelte sich in meiner Mitte und ließ mich verzweifelt weitere Reize herbeisehnen – sogar die Bisse der Gerte. Stöhnend und wimmernd wiegte ich die Hüften, so gut ich konnte.

»Du wirst nicht noch einmal ungehorsam sein«, sagte Arne und rollte einen Nippel zwischen seinen Fingern.

»Nein, nein«, versprach ich.

Gunnr klatschte weiter mit der Gerte auf meine

geschwollenen Schamlippen. Mein gesamter Körper zuckte, und sehnsüchtiges Verlangen kräuselte sich durch mich. Ich schrie auf.

»Was das ein guter Schrei oder ein schlechter?«, fragte Gunnr.

»Gut. Er war sogar sehr gut.« Erik kauerte sich dicht neben mich. »Siehst du, wie ihre Spalte nässt?« Sein Finger tauchte in meine glitschige Öffnung, bevor er ihn sich an den Mund hob und sauber leckte.

»Ich will ihr nicht wehtun.« Gunnr zögerte.

»Das ist ein guter Schmerz«, sagte Arne. »Er bringt ihr bei, dass ihr Körper uns gehört. Sie gehört uns und untersteht vollständig unserer Obhut.«

Erik streichelte meine wunden Falten. »Solche Lust ...«, murmelte er, als ich winselte und den Oberkörper an Arnes breiter Brust wetzte. »Ihr Körper bettelt um den Schmerz.«

»Haltet sie gespreizt«, schlug Gunnr vor. »Ich möchte etwas ausprobieren.«

»Nein ...« Ich versuchte, die Beine zu schließen, aber die Seile verhinderten es.

»Halt still«, brummte mir Arne ins Ohr. »Sei ein braves Mädchen.«

Erik benutzte zwei Finger, um meine unteren Lippen zu spreizen.

»Genau die richtige Berührung«, dachte Gunnr laut nach. »Nicht zu hart, aber auch nicht zu zart.«

Er tippte mit der Gerte mitten auf meine empfindsame Lustperle.

Ich warf den Kopf zurück und schnappte nach Luft. Lustvoller Schmerz wogte durch meinen gesamten Leib. Funken stoben hinter meinen Augen auf.

»Noch einmal, denke ich«, befand Gunnr, und Erik stimmte ihm zu.

Er tippte noch zweimal leicht mit der Gerte, bevor er sie wuchtig auf meine ungeschützte Liebesknospe niedersausen ließ. Ich schrie auf, als sich das scharfe Bennen in Ekstase hochschraubte.

»Jetzt«, sagte Arne. Er hob mich an und drehte mich um. Erneut schrie ich auf, als er sich in meinen begierigen Körper rammte. Die zwei anderen Krieger stützten mich, ich aber krallte an Arnes muskelbepackten Schultern. »Mehr, ich brauche ...«

»Geduld, kleine Blume.«

Gunnr kam zu meinem Kopf, strich mir das Haar zurück und streichelte mit dem Daumen meine Lippen, während Erik den Stöpsel aus mir holte.

Starke Hände stützten mich, als Erik sachte in meinen Hintern glitt. Mein Innerstes waberte, als Wogen der Lust durch meinen überreizten Körper fegten.

Gunnr hielt mein Kinn fest und führte mir seinen Schaft zu. Ich blies, als hinge mein Leben davon ab, wollte die überwältigenden Empfindungen in mir unbedingt teilen.

Wir fühlen es. Wir sind bei dir, erinnerte mich Gunnr. *Wir sind eins.*

Erik und Arne setzten sich in Bewegung. Lichter explodierten hinter meinen Augen wie Sternschnuppen, als mich ein Höhepunkt nach dem anderen ereilte. Es gab keine Barriere zwischen uns. Ich öffnete meinen Geist und ließ die intensiven Empfindungen zu meinen Männern fließen, trieb sie damit an die Belastungsgrenze.

Als sie ihre Stöße beschleunigten, stimmte ich ihre Namen als Sprechgesang an. *Erik, Arne, Gunnr ...*

Mein, grollte Erik in die Verbindung.

Mein, wiederholte Gunnr.

»Unser«, brumme Arne.

Ekstase zischte durch meinen Geist und versengte

jegliche Gedanken. Sie ergoss sich aus mir in die Verbindung, ließ die Krieger aufheulen und ihre Entladung in meinen bereitwilligen Körper pumpen. Ich nahm alles von ihrem Samen auf, denn ich war ihre Gefährtin, und ich war stark – stark genug, um eine Bindung mit drei Männern einzugehen und sie zu retten, sie zu heilen.

Und wir waren eins.

EPILOG

Das Kloster stand an einer Biegung einer ruhigen Straße ins Dorf. Eine junge Frau ging den Weg entlang. Die untergehende Sonne brachte ihr Haar zum Glühen. In den Schatten des Walds bewegte sich etwas, und nach einem bangen Blick beschleunigte sie die Schritte zu der großen, eisenbeschlagenen Tür und verschwand hinein.

Tiefer im Wald standen etliche Ränge von Kriegern, warteten und beobachteten.

»Ist das der Ort, an dem die Frauen festgehalten werden?«, fragte einer den Kundschafter.

»Ja«, antwortete der Kundschafter. »Und heute Nacht holen wir sie.«

~

Die Berserker-Geschichten setzen sich in der Saga der Berserker-Bräute fort, demnächst in deutscher Übersetzung erhältlich.

KOSTENLOSES BUCH

Hol dir ein kostenloses Exemplar von Gezeugt von den Berserkern und Eine Berserker-Geburt, indem du dich für meinen Newsletter anmeldest.

*Der dritte Teil von Daegans, Brennas und Samuels Geschichte. Lies den ersten Teil in **Verkauft an die Berserker** und den zweiten in **Gepaart mit den Berserkern**. Diese Novelle ist kostenlos, ein Geschenk.*

https://BookHip.com/PKRMGC

DIE BERSERKER-SAGA

DIE FRAUEN DER BERSERKER

EBENFALLS VON LEE SAVINO

Unschuld mit Stasia Black (Eine dunkle Liebesgeschichte)
    Das Erwachen (Unschuld 2)

Der Soldat, der mich verführt

Draekons (Drachen im Exil) mit Lili Zander (Eine Sci-Fi
Dreierbeziehung Romanze)

Draekon Gefährtin
Draekon Feuer
Draekon Herz
Draekon Entführung
Draekon Schicksal
Tochter der Draekons
Draekon Fieber
Draekon Rebellin
Draekon Festtag

DIE AUTORIN

Lee Savino ist *USA Today*-Bestsellerautorin. Außerdem ist sie Mutter und schokosüchtig. Sie hat eine ganze Reihe von Büchern geschrieben, die alle unter die Rubrik »smexy« Liebesgeschichten fallen. *Smexy* steht dabei für »smart und sexy«.

Sie hofft, dass euch dieses Buch gefallen hat.

Besucht sie unter:
www.leesavino.com

OHNE TITEL